日和

h i y o r i

让阅读成为日常

雪沼

雪沼とその周辺

〔日〕堀江敏幸◎著

米悄◎译

湖南文艺出版社
HUNAN LITERATURE AND ART PUBLISHING HOUSE

目　录

站位点

从上午十一点开始营业到现在，一个人影都不见。星期四常会如此，倒也不足为奇，晚上九点刚过，看情形不再会有客人来，他将墙壁照明的电源全部关掉了。球馆内空空荡荡，只听得见可乐瓶形状的饮料自动售货机轰轰作响。这台连维修工人都觉得罕见的造型奇特的机器，在场内有球局的时候，冷却系统发出的声音丝毫不会引起人的注意，而今天，噪音却显得格外的响。看来，他一到晚上就不太灵光的耳朵，目前状况还算良好。不过话说回来，冷却啤酒饮料，需要的居然是热量，想想也真是荒唐。越打算制冷就越需要散热，热量不断排出，导致房间里的温度上升。为了让房间恢复凉爽，就必须打开空调，通过空调室外机将室内的热风再送出去。所以，热量只是转移了地点而不是消失不见。三十多岁的时候，他曾觉得，自己如果以当时的状态一成不变地持续工作下去的话，到最后也只是为了冷却某些东西而释放出多余的热量，莫名其妙地度过一生，为此，他曾经苦恼到胃痛，但如今，却已经很难清晰地回忆起当年的自己了。

突然，他感觉自动门似乎开了，转头望去，只见一对年轻男女站在门口的地垫上，正在向里面张望。高大的观叶植物挡住了视线，他们看不到自己这边的情形。隐隐约约听得到两个人的对话。幸好没摘下助听器，他想。

“里面很暗啊！”男青年说道，“会不会已经打烊了？”

“可是正中央的灯还亮着呢！”

“那也很暗啊，这里真是保龄球馆吗？”

终于，男青年的目光与他的目光撞到了一起。此刻，他正沉默而笔直地站在柜台内侧，像一根细长的缝衣针，顶着穿线孔，孤零零地被遗忘在针垫上。男青年见到他，马上步履急切地走过来，一副有事相求的样子，微微低头向他致意道：“晚上好。”

“欢迎光临！”

“不好意思，请问，这里还在营业吗？”男青年问道。

“再有三十分钟就要闭店了，您如果不介

意的话，欢迎利用。”他感觉自己的声音滞留在鼓膜内侧，朦朦胧胧，像是潜在水中。“大概还能打上一局。您看可以吗？”他盯着男青年的嘴继续说道。从很久以前开始，他就养成了看着对方的嘴说话的习惯，希望能够在突然听不到对方声音时起到一些帮助。

“其实，我们是想借用一下洗手间。”

男青年回头看看身后。只见同来的女子站在那里，微微低头，抬起眼睛望向这边。她双手交错在身前，手中握着一条细细的背带，一只小巧的皮包垂在背带下方。女子眉目清秀，仪态端庄，看不出有任何正在忍耐的急迫感。

“我们一路开过来，沿途能停车的店铺都关门了，最后发现只有您这里的招牌还亮着。所以，可以借用一下洗手间吗？”

“当然可以了。请向里面走，右手边就是。”

他指着从柜台侧面的租鞋柜旁边延伸出去的L形细窄通道。在一两步开外正在等待回应的女子，闻声忙以目光向他致谢，随后便消失在通道中。男青年看着她的背影隐没，表示也想借用一下，尾随而去。

这个坐落在山里的小城，到了十一月份，入夜就会变得相当寒冷。但也许是因为车里比较暖和，女子未着外套。她衣衫单薄，只穿了一件米色毛衣配灰色长裤。大概是打算用过洗手间后就马上回到下面的停车场。男青年身穿蓝色牛仔裤，上身是一件白与藏蓝配色的夹克衫，看上去似乎比女子年轻一些。小伙子有点自来熟，但说话得体，不会让人觉得没礼貌。两个人大概都是二十多岁年纪。没想到他们竟然是本店最后的顾客，他如释重负，同时又有些寂寞，心中充满了一种前所未有的奇妙的感慨。

Little Bear保龄球馆是一座不算大的两层混凝土建筑，几根支柱撑起一个扁平的箱形空间，楼下就是露天停车场。外侧楼梯上虽然挂着怀抱球瓶的小熊造型的灯饰招牌，但屋顶上却没有安装郊外保龄球馆常有的那种巨大球瓶。而且，外墙装修采用的是原木纵剖而成的半圆材贴面，整体呈现出乡村木屋的建筑风格，远远看去，更像是一家餐馆。球馆内只有五条球道，紧凑窄小，用于等位消磨时间的游戏设备也只有一台弹珠机和一张撞球台。靠道路一侧的落地窗畔辟出一隅，设为咖啡角，厚重的玻璃门上有条细链子挂着一块木板，上面写着“今日营业已经结束”。咖啡角的座位之间隔成方块，摆着翠绿的塑制盆景，枝叶繁茂。柜台旁边的应急灯灯光泼洒过来，没有叶脉的光滑叶片，像涂了一层荧光涂料一般闪耀着光泽。

妻子还健康的时候，这个小小的餐饮角也曾经兴隆一时。腿脚有轻微残疾的妻子，当年为克服就业障碍，短大[1]毕业之后，取得了烹饪资格，没想到最后真的派上了用场。咖啡角设立之初，原本只是为了方便客人在休息时间或者等位时使用，所以能够提供的饮食品种也非常有限，只有饮料和简餐。没想到，每日例牌的三明治特别受到顾客的欢迎。渐渐地，会有一些不打球的客人也特意过来用餐或者打包带回去。随着这样的顾客不断增多，有人开始建

---

① 短大，即日本的“短期大学”，以培训进入社会后将直接运用的技能为教育重点，学制为2—3年。

议他们改造一下店面，比如将外面的楼梯与咖啡角直接连通，或者在附近再开一间独立的小餐饮店。而他也曾经认真考虑过这个问题。但是，妻子断然拒绝了各种建议和邀请。她的理由是，球馆的名字 Little Bear 是她婚前旧姓小熊的英文读法，她的咖啡角如果不设在以她的名字命名的球馆里面，就将失去意义。

当年生意好的时候，周末会有很多顾客举家前来。因为馆内只有五个球道，所以顾客会先拿好等位号，再到相邻街市的商场去购物，借以消磨时间。顾客拿号的时候通常会被告知一个大致的时间，但还是有人不能按时返回，遇到这种情况，又不能让球道空着，就越过这一组，将球道排给下一组客人，也为此承受过不少抱怨。回想七十年代初期，他还在经营二手汽车店的时候，保龄球生意更是火爆。那时保龄球馆经常爆满，人人都恨不得多打一局，多掷一球。他清楚地记得，自己常去的那家保龄球馆的老板还曾经跟他唠叨过，在银行工作的高中同学如何力劝自己从银行融资以扩大经营，而自己又如何为不伤和气地拒绝对方而大伤脑筋。现在回想起来，那段时期确实有些不正常。他甚至会利用工作间隙，见缝插针地出来打上几局，但连他自己也明白，这种热潮不会永远持续下去。

父亲去世那年，他还在东京的某家公司任职。突如其来的变故使他不得不辞职回到家乡，继承父亲的二手汽车店。经过努力，他终于将一时陷入低谷的生意拉上正轨。后来他结婚成家，就在生意正日益向好的时候，突然又决定关闭汽车店，在原来停放库存车辆的地皮上，盖起保龄球馆。而当时，保龄球运动其实已经开始退热。一转眼，时间又过去了二十多年，球馆也波澜不惊地一直维持着经营。在世纪交接之时，他突然意识到，自己的年龄已经超过了父亲去世时的年龄。二十多年来，为节约成本，球馆的地板打蜡维护都是他亲力亲为，用的是二手车店时代起就一直使用的抛光机。但是自从妻子离去，自己的健康状况也开始不太稳定，他已经没有体力扛着机器给地板打蜡，也没有体力为维修保养陈旧设备的技师打下手。是时候急流勇退了。一个月前，他给店里仅有的打工者——一位家庭主妇放了假，开始着手停业准备。

闭店的事他没对任何人讲过。如果发出通

知，一定会有人牵头，以各种不同的理由举办各种告别活动，诸如纪念学生时代与伙伴度过的岁月啦，感谢为公司的业余活动提供了宝贵的场所啦，等等。当年开业的时候，他印刷过很多宣传单尽力推广，最后似乎也应该以同样的方式招徕最后的顾客，但是他却想安静地降下帷幕。悄无声息地清理安顿，等一切办妥之后，再不至失礼地知会大家，他只想这样做。

他盯着正前方。在球道尽头的置瓶区排列着形似地藏菩萨的老款球瓶。忽然，有听觉的那侧耳朵响起了说话声："非常感谢。"他立刻将目光移向发声处，只见男青年道过谢之后又望了望四周，但同来的女子还没出现。男青年轻轻地甩了甩湿淋淋的双手，面对着他望过来的视线，露出了一点尴尬的表情。Little Bear保龄球馆的洗手间内没有干手器。因为他讨厌干手器发出的吸尘器般的噪音，上门推销的人来了几次，都被他拒绝了。见到小伙子的手还是湿的，他意识到自己大概是忘记补换手巾卷了。明明是他的不对，对方却显得很不好意思。男青年望着有些昏暗的球馆场内，回过头来对他说："感觉很冷清啊。"

"是不是因为设备太陈旧了？"

"说得没错。"他回答道。男青年的声音在离开喉咙的瞬间仿佛带着些留恋，明亮又极富磁性。到目前为止，他的左耳状况还凑合。

"恐怕在如今的日本很难见到了，除非哪里还有配备球童的球馆。"

"算是古董了。"男青年半开玩笑地说道。

"嗯，老古董，但是运转起来依然没问

题。”他笑着说。

“刚才您正准备打烊吧？在这个节骨眼上打扰，真的很过意不去。”

“哪儿的话。很高兴能帮上忙。因为，二位大概是鄙店真正意义上的最后的顾客了。”

男青年的表情略有些变化，似乎想起刚才望进来时那种昏暗的景象，便好奇地问道：“最后，是什么意思？”此时，年轻人的眼角刚好瞥到正在向这边走来的同行女子。

“再有三十分钟，我就要结束这里的生意了。您大概看不出，我是这儿的老板。明天开始终止营业。也就是说，这里即将停业。哦，别担心，不是破产，只是闭店停业。刚才我还以为今天一个顾客都不会有了呢。”

女子刚好走到近前，对着话音刚落的他

说："非常感谢。"她的态度明朗活泼，跟刚才判若两人。看来之前确实是忍了很久。旁边因为是国道，找个吃饭的地方倒也不是没可能，只不过晚上九点过后尚在营业的就只有隔壁小镇车站周边的店铺。开车过去虽然只需要大约十五分钟，但是如果不了解此地地理，就只有一路开过来了。由此可见，他们俩并非本地人。女子大概也听到了刚才对话的只言片语，她盯着男青年的脸问道："什么停业？"

"这家保龄球馆，今天是最后一天营业。还有三十分钟就结束，关门停业。"

"诶？真的吗？"女子睁圆了眼睛，吃惊地望向他，"也确实感觉气氛有些太安静了。在这种时候打扰，真是给您添麻烦了。有劳相助，万分感谢。"

“哪儿的话，我什么都没做。”

他想了一下，突然提出了一个建议。

“这样好不好？我想，咱们今天也算是有缘。如果愿意的话，二位可以打一局，玩到最后关门。当然，不收费。”

他啪嗒啪嗒地将背后墙壁上的两个开关打开，球馆两侧的间接照明灯亮了起来，场内顿时沐浴在柔和的橘黄色光线中。连刚才沉隐在黑暗中的球道深处，也透进光亮，灰色球瓶在浅桃色背景的衬托下，清晰地浮现出来。

“那，承蒙好意，我们就打一局。”

“别，太没礼貌了。借用了人家的洗手间，还要免费打球？”

“谈不上任何不礼貌。是我主动向你们提出的请求。如果你们想玩的话就最好不过了。

主要是看你们。”

他语调亲切地说道。连他自己也觉得意外，就在刚才，他还想一个人安安静静地谢幕。现在却像是在挽留突然来访的亲戚，这种心情已经很久没有过了。“可是，”女子对青年说道，“如果在这里玩的话，时间就太晚了呀！我们还要到雪沼去呢，还要在朋友经营的小旅馆住宿不是吗？”

“要去雪沼吗？再往前走就是山路了，转弯比较多，车速提不起来。大概要一个小时的时间吧。”

“你看！所以我们还是立刻动身为好。”

“我保证会安全行驶，没问题。”

“你是认真的吗？”

“就打一局。”

女子轻轻地叹了口气，说道："真没办法。"他马上趁机确认好两个人的鞋子尺码，从里面的鞋架上为他们取出专用球鞋。女子摆着双手说："不，不，我就不用了。""即使不打球也换上鞋子为好，因为场内的地面比较滑。"他说着，将一双装饰有胭脂色条纹的奶油色球鞋递了过去。换好鞋子，男青年马上去选球，在公用球之中挑来挑去，最后抱着一只绿色的14 L回来了。

"请使用正中的球道。我负责计分。没有热身，直接开局吧。"

为了能听清两个人的声音，他手拿记分卡走出了柜台，在与球架成一体的桌子前坐了下来。"保龄球真是很久很久都没打过了。"男青年边说边在架子旁边的发球位置站定，先将两个脚尖比在画好的圆形标记上，然后缓慢地迈出左脚，逐渐蓄积力量，绿色保龄球脱手而出。只听得嘭的一声，像是在购物归来的途中，边走边甩动菜篮子时不小心掉下了一颗卷心菜，这颗没有被投出而是被掷在脚边的树脂卷心菜，贴着右侧边沟在球道上前进，接下来又偏离边沟，微妙地变化着方向，它擦过一号球瓶，插入二号球瓶的左侧，噼里啪啦地扫倒六只球瓶。球瓶区现在剩下的是三、六、九、十号瓶。

就像一颗小石子投进了深邃的岩洞，他耳边响起含混的响声。本来，他就是因为喜欢旧球瓶的撞击声，才一直执着于这套古董一般的设备。这套装置包括球道、置瓶器、保龄球，都是宾士域公司[①]生产的第一代产品。当年他

---

① 宾士域公司（Brunswick）创立于1845年，总部位于美国伊利诺伊州，经营范围包括保龄球及桌球器具、船艇及其零配件等。

想方设法通过洛杉矶的一家供货商，从已经破产停业的保龄球馆中淘来时，它们已经接近于报废，最后以几乎白送的价格被运到日本。这套老设备摆瓶的动作也比较迟缓，返球时长与当今普及型的设备比起来，要多耗时一倍以上。球瓶虽然可以换新，但是所有的维修零件即便是二手货都很难采购得到。如果遇到不得不进行特殊大修的情况，他都会请熟知这种设备的技术高超的技术人员来做，但如果要更换新件，哪怕只是一部分，他都绝不接受，坚决得就像要换掉他的脑袋。所以多年下来，这套设备一直持续使用着，几乎没动过原装部件。与一击全中时发出的悦耳和声比起来，他更喜欢现在球瓶发出的那种微带浑浊又略显失真的声音，它并不是均一地迸出，而是在所有球瓶倒下之后，在球道深处变成一个肉眼看不到的球体，一边慢慢加速，一边向投球者方向推进。这种感觉在与三号球道成一条直线的柜台处感知得最为明显，所以，他总是尽可能地站在那里。

保龄球咣当咣当地滚了回来。男青年再次将球拎起，在与刚才相同的位置站定双足，小声嘟囔着："好久没玩，很难立刻找到感觉啊。"球瞄准三号瓶被掷出，顺滑地偏右前行，却没有击倒任何一只球瓶，便被吞没在黑暗之中。他手握铅笔，用制图课上使用F铅笔的笔力，在计分表的第一格写了个6，并在右上角标注一个小小的减号，下面又写了一个大大的6[①]。

① 保龄球计分规则中，每一局总共有十轮，每一轮可投两球，每击倒一只球瓶得1分。若一轮中未能击倒全部十只球瓶，则分数为被击倒的瓶数，并用减号表示未全部击中。

“好惨，辜负了老板的盛情哦！你就大胆地投出去，让它从正中间那里嘭地一下炸开嘛！”坐在左侧椅子上的女子快言快语地调侃着同伴。

“照你那么说，应该是从口袋[①]那里嘭地一下炸开才对。对着正中间可不行哦，那会打成分瓶的。”

“什么是分瓶？”

男青年认真地看了看同伴的脸。看来她从来没玩过保龄球。交往了两年，却不知道她不会打保龄球，男青年感到有些意外，向她简洁地说明道：“分瓶是指余瓶之间的空当太大。”男青年转过身去，准备开始第二轮击球。这次的后摆动作过大，随惯性被牵制的手臂未能平

---

① 口袋，即“pocket”，保龄球术语，指插袋式击中一号瓶与三号瓶或一号瓶与二号瓶之间，一种全中概率较高的击球线路。

稳返回。保龄球轻微探进右侧空当，发出类似于狗叫的声音。七只。红灯亮起，显示右角有三只余瓶，一号瓶未倒。他在表上记下7，等待第二投，当他看到又有两瓶被击倒，便在右上格里记下2，下面写上15。第三轮击球虽然插入了口袋位置，但是力道不足，位于球瓶区中央位置的五号瓶未能倒下。女子吸着香烟，高声道："哇，声音好棒！我还以为这次能全中[①]呢。"语气里充满惋惜。遗憾的是，她说的好棒的声音未能传到他耳中。到了晚上，耳朵的状况经常会变糟。

右耳戴着的助听器经过数次调整才好不容易适应过来。大约从三年前开始，击球的声音

---

① 每一轮第一次投球时击倒全部十只球瓶，即为全中；第一次未能全部击倒，第二次击倒余下全部球瓶时，即为补中。

在他耳中渐渐变得模糊起来，确认顾客说话的次数也开始增多，他觉得有些奇怪。很快，他感觉中央球道深处发出的饱满厚重的声音，在他耳中开始变得左右不均衡起来。妻子过世之后，状况越发糟糕，还出现了轻微的眩晕症状。他去看专科，医生诊断为急性听觉障碍，说只要注意消除压力，症状就会得到缓解。但是对他来说，也没什么可以称得上是压力或烦恼的情绪。经过各种排查，始终未能得到一个明确的病因，最后只能配上助听器解决。从戴上助听器之后坚持到现在，真实听力没有任何能够恢复的迹象。他打算今晚工作结束之后，就把这个今后不大能用得上的设备拿掉。如果关闭球场，也没有什么特别想听的声音了。而且，无论性能多么优越，借助器械才能听到的声音，总是让人感觉有些不自然。

第二次击球没拿到分，男青年自我安慰道：“嗯，反正这又不是比赛。”他在计分表上写下9和减号，记下了24的得分。随着单人球局的推进，一开始意兴阑珊的同伴在一旁变得渐渐兴奋起来。每当保龄球投出，她都会在触瓶的瞬间捏紧拳头，表现得十分紧张。第四轮击球，因为第一投偏左向用力过猛，只击倒了三只球瓶。第二投重振旗鼓，一下子击倒五只球瓶。他按照顺序记录下数字，写下得分32。

回想当年，三十多岁的他把二手车销售作为天职，尽心尽力经营。他计划除国产车之外，也找一些大公司不做的进口车来销售，于是带着妻子一起飞去美国考察。实际上当然是以观光为主要目的。不会英文的他们并没有加入旅行团，而是勇敢地租了一辆车旅行。当然，考虑到妻子的腿脚不便，乘火车不如坐巴士，坐巴士不如自驾车，这种选择也非常自然。记得那是自驾的第三天，他好不容易习惯了右侧通行，在漫长的公路上行驶了大概半天的时间后，他们终于路过一处服务区。在餐厅门口等候上洗手间的妻子时，他发现在游乐场的一角有一个保龄球区，设备老旧，只有三条球道，几个看起来像是卡车司机的男人正玩得起劲。

球瓶究竟是什么材质的呢？伴着点唱机中传出的音乐，隔着烟草的缭绕烟雾，穿过煎牛排的油香与蒜香，从对面传来一种略显厚重沉闷又有些温暖的声音，那是在日本几乎没听过的声音。他迷上了它独特的音色，也被置瓶器咯咯噔噔的动作以及球瓶区上方灯光闪烁的

logo强烈地吸引着。玩球的男人们，手臂有他腰围那么粗，他们全力投掷，每当保龄球撞击到球瓶，便会发出一种声响，听起来像是包裹在毛毯之中，极为柔和，与球瓶七倒八歪的爆炸式动作正相反。他记得这种声音。妻子刚从洗手间回来，他便拉起妻子的手，向保龄球区球道的一角走去。

“抱歉，今天不要玩了，也没决定住在这里。而且你一打起保龄球就没完没了的。”妻子说道。

“不是不是。你听这个声音。”

“什么声音？”

“球瓶的声音呀！你听听撞击球瓶的声音。”

妻子终于明白了他的意思，依言点头，习

惯性地略微弓起腰，侧头倾听。

“听出来了吗？”他问妻子。

“没有。”

“很像高辛烷先生的声音呀！他投出的球撞瓶时就会发出这样的声音。”

他向妻子说明道。听着从球道中接连涌出的音乐般的声响，他的两颊现出潮红。妻子因为左右脚平衡差，很容易疲劳，从小到大几乎与体育运动无缘。尽管也会陪他去打保龄球，却只是坐在椅子上负责计分，从不上场。但是她不会感到无聊。她很喜欢在等待置瓶的时候跟丈夫开开玩笑，讲讲往事。只是没料到，旅途中的一场偶遇让丈夫热情高涨，而这种热度在回国之后也没有降温，至于说到去进一整套相同的设备，开一间小型保龄球馆，则更是连想都没有想过的事情。

“请问，您是不是有些累了？”

男青年的声音滑进了尚有听觉的右耳，他回过神来。

“第五轮请记上 7 和 2，第六轮是 8 和补中。”

他急忙将得分写在计分表上。男青年在一边嘟囔着：“虽说有补中，但是球总不能如愿走曲线。”他想对小伙子说，球馆自备的公用保龄球是不可能像专业选手那样打出曲球的，但是话到嘴边又咽了下去。由于公用球是以左右手都能够使用为原则来打指孔，所以重心设定在中央位置。而量身定制的个人专用保龄球，因为重心都有些偏移，如果加上回旋力，一定会偏向左或者右侧，在球道上的蜡油磨光的瞬间，便会产生摩擦，只有在这时，球才会像伸长了脖子的蛇一般走出曲线来。这些知识都是高辛烷先生教给他的。

当年他在东京郊外某所大学的理工科读书时，曾经在加油站打过零工。高辛烷先生是加油站的常客，开着一辆虽然老旧但却保养得当的车子，来了就要加那种只有在赛车场上才会使用的高品质汽油，并且玩笑般地轻轻松松说出高标号汽油的品名——高辛烷，因此便得了这么个绰号，并开始在店员之间流传开来。高辛烷先生为人随和亲切，连少言寡语的他见到高先生，也会很自然地话多起来。

有一天，正赶上他接待高辛烷先生，他看到副驾驶的座位上放着一个黑色的手提包，看起来很像医师包，便一边加油一边随意问道：

“您是医生吗？”高先生连忙答道：“不是不是，这包里面装的是保龄球。前面不远有一家保龄球馆你知道吗？八王子球馆，Eight Princes Ball，我在那里工作。”高先生面带微笑，接着说道，“有时间去玩吧。”

出于好奇，他在休息日的时候约上朋友一起前往，高辛烷先生见到他们，高兴得不得了。那时他才知道，高先生以前是一名保龄球职业选手。因为光靠打比赛不够生活，所以也做职业教练授课赚钱，维持生计。可是有一年却出了事。高先生在私下打工的建筑工地受了伤，用来投球的那只手的拇指伤得很严重，没能在循环赛中胜出。为了能够重返职业赛场，高先生曾努力接受治疗和康复训练，但是连续打上三局后，受伤的拇指就会变得僵直不能动。无论如何训练，耐久力都难以恢复到从前。如果投出的球无法按照自己设想的球路来走，就不能称为专业选手，高先生生性高洁，不愿在这种状态下收取训练费为人作指导，于是四十多岁就决定退役，在原职业队集团名下的一家保龄球场谋了一份职。因为为人温厚，吸引了很多立志成为职业球手的人，高先生索性利用工作的空档做起了义务指导。

高辛烷先生很会教人。只在口头给予简单的指示，而不是事无巨细地讲解，手把手地教授。但是周围的人仅从受教者的站姿及状态，就能看出一球掷出会命中几瓶。联想到棒球场的投手丘，足球场的草坪，以及滑冰赛道上的冰面状况，便不难推断，保龄球场也是同样的情形。早晨与傍晚的球道上，蜡油的附着情况各不相同。即便在同样时段，也会因为日子不同而出现微妙的触感差异，而感知差异需要的是丰富的经验。一讲起这些，高先生就很快乐，遇到进一步求教，还会将站位的选择等要点画图示意给对方。

可是，令人难以置信的是，很少露一手的高辛烷先生，在偶尔实际示范时，似乎完全无视这些规则。单看其投球姿势就有些奇怪。带着些漫不经心，准备发球的时候，并不是把球提到胸前，而是屈肘将球抬至腰部皮带的位置，就像拎着一只沉甸甸的西瓜，不堪其重一般任其垂着。弯着腰，臀部微翘，后摆的动作几乎没有，从背后看起来，就像一只套着玩偶装的企鹅。但是，这种别扭的姿势投出去的球，会无声地在球道上滑行，随后会奏出一道令他一直着迷的声响。在宽阔的球馆内，即便三十个球道都在运行，高辛烷先生投出去的保龄球发出的声音依然与众不同，辨识度极高。不只是他，所有人都这样感觉。

“……才六瓶……本想击中九个的。”男青年说道。

第七轮的第二投失败了，到目前为止得分为 65。不知是不是因为他思绪分散，听到的声音中出现了波纹。在第一轮中还听得到悦耳声音的漂亮投球，再也没出现过。他瞥了一下腕上的手表，视线迅速得到女子的注意：“时间没关系吗？”实际上，现在已经过了原定的营业时间。他微笑着说道：“请不要担心，这局打完就闭店。”接着又对男青年提出最基础的建议，“如果有余瓶的话，可以试着改变一下站立位置。”这是高辛烷先生常说的一句话。为确定适合自己力道和姿势的助走区距离和站立位置，需要比照埋在地板中的站位点，对双脚的站位做出准确判断。不要死盯着球瓶，而是在脑中描绘出界内投掷标识与目标球瓶之间的轨迹。如果要想第二投补中，需要根据余瓶的布局情况改变站位，调整球的切入角度，并相应调整双脚的摆放形式。只要姿势稳定，结果全由助走来决定。

但是，无论余瓶的排列有多复杂，高辛烷先生都不会改变站立位置。他总是站在固定的站位点，不曾偏离。即使出现平行余瓶，他也不会移到球道的侧边。依照余瓶的排列情况，这种掷球方式会出现难以补中的后果。想来之所以没有赢得比赛，大概就是出于这个原因吧。

他不能理解高先生为什么会对自己的站位如此执着。他听说高先生在成为职业球手之前，曾经想成为一名棒球投手，但却未能有所作为，所以最终脱下了球衣。消息不知是否确切，但是高先生的掷球方式，从相同的姿势、同样的脱球点来看，与打出不同球线的棒球投手不无相似。

只有一点可以确定的是，高辛烷先生掷出去的球，会以与众不同的音色撞击球瓶。球瓶飞出的一瞬间，形式虽然相同，但是在一击之后，从球道深处传来的声音却不会扩散，而是凝成大大的一团空气聚结体，朝这边匍匐而来。柔和，甘甜，不带一丝攻击的味道，就像是胎儿耳边响起的母亲的心跳声。他曾经多次想探寻这种声音与站位之间的秘密，但是高先生却没有明确回答，而只是笑着说："所谓站位点，对我来说不是改变站位的参照点，而是让自己不改变站位的一种存在。"模拟比赛中，在决定赛绩的补中环节，高先生的站位也从不改变。球瓶的声音也没有变化。那是谁也模仿不了的高先生的站位。从谈恋爱的时候起，他就跟妻子，也就是当时的女朋友多次谈到这件事。而这个从不改变自己站位点的高辛烷先生，却在他筹备 Little Bear 保龄球馆期间过世了，他从朋友那里听到了这个消息。

为什么会想起这些陈年往事呢？女子夹着香烟的左手上，镶着紫色宝石的银戒指发出柔和的哑光。大概是二月份生日[①]吧，他想。妻子

① 十二月生辰石，是欧美传说中代表十二个月出生的人们的诞生石，其中二月的生辰石是紫水晶。

也曾经戴过紫水晶的戒指。是他送的生日礼物。妻子常说，将它戴在手上一定吉利，因为是护身符，定会保佑长寿，说不定能活到一百岁呢。虽然这些话毫无根据。

“……能不能到一百呢？”

他被男青年的声音一惊。球局已经进入最后的阶段。第八轮的第一投，击倒八个球瓶，男青年听从他的意见，将助走向左偏移了一些，对角瞄准十号瓶，但却不幸地变成了洗沟球。第九轮是没有补中的九瓶。合计82分。能否及百，要由最后一轮的投球决定。结束之后，该如何面对这两个年轻人呢？不，应该说，要拿出什么样的表情来面对自己呢？他开始莫名其妙地紧张起来。

眼前，男青年正弯着身子对女子说着什么。

声音听起来那么遥远。从前，他也曾像这样，在妻子的耳边絮絮耳语。

“我想……”男青年说。

他听不清在说什么，只能看到对方的嘴在动，他有些迷惑。

“对不起，请问您刚才说什么？”

“是……我想还是……比较好。”

声音断断续续。男青年当然不会这么说话，是自己的耳朵有问题。“对不起，我听不太清楚。”他又一次致歉道。因为带着助听器，所以两个人应该察觉到他的耳朵不好，但是大概没想到，他没戴助听器一侧的耳朵也开始听不见了。

“只是想……洗手间……谢……”

两个人一起站起来，对他低头行礼。他有些吃惊，急忙说道：“还有第十轮没打呢！”

“已经……充分地……最后请您……停业……由您亲自收尾才好。”

原来是这样，最后一轮是想请他来打。

“不不，你们是难得的客人，您接着打。”

“已经很满足了。”女子开口说道。音调变了，这次听得很清楚。

“您请吧。哎呀，由我们来请您是不是有些奇怪呀！”

确实有点怪呢。对于意想不到的进展，他总是会沉默以对。自从耳朵出了问题之后，不，应该是自从妻子过世之后，他就一直没有投过球。他已经渐渐抛却了亲自再现高辛烷先生的声音的梦想。曾经震撼过耳膜的那个神奇的声音，从未在这个球馆内响起。如果想尝试，只有现在了。他将落在助走区站位点上的目光慢慢转向两个人，调整了一下呼吸。“谢谢你们的心意，那，我就恭敬不如从命了。”说罢，他回到柜台，打开柜台下面柜子的双开门，从里面取出了一个黑色的提包。那是在车辆销售业绩不错的时候，他为自己专门定制的专用球，算是对自己的奖励。黑色球。中指和食指的打孔比较浅，拇指会握得很牢。他感觉球比以前重了。不得不服老。现在这个年纪，如果不是完全适合自己的球，用起来恐怕会受伤，他像是在为自己辩解，边说边站在了助走区前。

仿佛听到了妻子的声音，能活到一百岁也说不定呢。一百，他想。第一投全中，或者第二投补中，然后如果再击倒八个球瓶就能够达到一百分了。但是他追求的不是分数，而是那个声音。他用布擦了一遍保龄球，动作沉稳地将右耳的助听器摘了下来。周围的声音一下子退开很远，感觉偌大的空间里只有自己一个人。他抱着球，右脚的脚尖对准右起第二个站位点。从学生时代起就没变过，他的站位点。但是，这个位置真的对吗？他已经不清楚了。背后两个人屏住呼吸。他缓缓迈出左脚。移出第二步时球的轨道已经可见。今早的蜡油分量和分布也印在脑中。滑步的程度，在哪里曲球，他比谁都清楚。保持这个姿势径直助走，在犯规线右侧的滑步标识处果断地挥动手腕，球会奔向一号瓶到三号瓶之间的位置。在球离手的瞬间，他的手指脱开动作怪异，掷出的球变得跟男青年的一模一样，像是把球砸在了球道上一般。然而，球落地的声音却在瞬间消失，保龄球骨碌碌地在球道上向前滚动，到达了最佳位置。

在最后关头，只听得硿——硿——硿——古旧的球瓶一齐发出声响，失去听力的那侧耳朵从底部涌起一股似真似幻的声浪，在一片沉默的咆哮之中，一丝微弱的震颤在他绷紧的后背倏然游走。

荨麻庭院

房间里安静得针落可闻。身体每次稍有动作，栎木镶拼地板就会发出咯吱咯吱的响声。在卧室与设有露天座位的朝南庭院之间，屋檐下有一条不与任何地方相通的外廊。房间与外廊被雪白的落地卷帘隔开。透明的玻璃窗柔和地展示着外面的景色。尽管拉门紧闭，也依稀听得到微弱的雨声。窗外雨雾蒙蒙。小雨珠不堪自身的重量一粒粒下坠，渐渐连接成串，在形成完美的水柱之前落到地面，打在混合着残雪的泥土上。早春时节的雨，在今天显得格外的静谧。只是偶尔，会有啪嗒啪嗒的水滴声响起，像饱蘸了水的棉花团落下来一般。也只有在这时，一个厚重而鲜明的声像世界才会奇妙地现身。不是昆虫的呼吸，而是雨的呼吸。小留知老师可谓是雨神，每遇重大事件都会赶上下雨。她经常对实山说，求神保佑，惟愿自己死的时候不要下雨。不知是不是因为暖雨的降临，夜间低温开始渐渐有所缓和，树莺色的圆柱形取暖器里尚有一点点余火，让人感到些许闷热。在遗像前，木槌和庸子的额头上都浅浅地现出一层汗。实山略微迟疑了一下，随后便站起身来，升起卷帘，将落地窗推开了一条缝隙。

十天前的那个夜晚，小留知老师像往常一样，在卧室的床上吃了实山准备的晚餐。怎知饭后她突然感到胸闷，于是立刻被送往省道旁那家设备最齐全的医院。虽然勉强撑过了一晚，但也眼见回天乏力，医生表示只是时间的问题。后来就在医生宣告不治之后，小留知老师呲地一下微弱地吸了一口气，看见她干燥的嘴唇微微张开，实山急忙探出身去，听到老师在自己耳边发出若有若无的声音。您说什么？老师，请您再说一遍好吗？实山的问话没有得到任何回应。小留知老师就这样双唇微启，告别了人世。当地有往来的几个人以及得到消息的几位从前的学生，合力筹办了葬礼。今天刚刚过完头七，日子终于恢复了平静，根据小留知老师的遗愿，其名下的房屋和土地将全部捐赠给雪沼市。为此他们也同政府相关人员商讨了具体事宜。一切告一段落之后，今天大家又聚在一起，聚会的话题总是离不开那天晚上的事发经过。

“但是，小留知老师到底说的是什么呢？”木槌的声音低沉而通透，上挑的右嘴角在说话间恢复平直。

“因为太突然了，没听清。真的非常抱歉。”

实山与小留知老师相处时间较长，最了解老师的说话习惯。小留知老师自去年秋天起，反复数次进出医院，那之后，实山基本代行了翻译之职。她对于自己没有听清老师生前的最后一句话而深感不安，不断自责。

“没什么可道歉的呀！又不是你的错。”

“我觉得自己听到的是coriza。但又不懂是什么意思。”

“如果是corrida的话，倒好像在哪里听过。唉，如果知道那是最后的嘱托，无论如何都想听明白呀。”木槌感慨道。

“或许，老师是在担心货物的事情？”年纪最轻的庸子说道。她捧着一杯红茶，握着茶杯的手指嫩白修长，一望便知不是从事户外工作的人。“因为前些日子，老师曾经提到过从法国订购的餐具还没到货。行李货物用法语说好像是 colis 吧。”

也不是没可能。如果说到货物遇到的问题，实山也有印象。巴黎的那家专卖店，因为曾经数次订货，来往沟通非常顺畅。此前老师向对方订购了几只利摩日[①]瓷器的中盘。实山也听到过老师抱怨，说接到已装船发货的通知之后，时间过了将近四个月，但是 colis 依然未到。洁

---

① 利摩日（Limoges），法国知名瓷器品牌，始于 1771 年，因产自利摩日市而得名。

白素雅的整套利摩日，是根据店内的餐桌数量相应配置的，如果出现缺损或者碎裂，只要对方还有库存，就一个个单只补货。随着年数渐久，即使常规商品也会出现微妙的色差，或者设计款式上的调整，有时候会有搭配不上的风险，但是老师说不想只为了单个货品而将整套餐具都换掉，所以依然是应需而购。烹饪班的授课或者餐厅的简餐，使用的是附近的陶工烧制的日式餐具，但是在以汤类为重点的冬季食谱或者宴席套餐上，老师经常会选用种类数量较多，也不会影响食材色泽的法国餐具。餐具的补货，一直是当作习惯，当作规律，也当作一种乐趣来进行。实山想到最近这次订货，记录货号和数量的不是自己而是庸子，心里感到一丝丝懊悔。

“原来如此，海外订货没收到，一直到临终前都念念不忘啊。唉，也许真的是这样。”木槌充满感慨地仰头望着天，突然又转头补充道，“不过，coli也许指的是狐狸[1]哦。这条岔路附近经常会有狐狸出没。前阵子田代木材家的小儿子还哭着说，晚上开着卡车不小心撞到只狐狸呢。”

“不要和狐狸搅在一起嘛。说起来也不吉利。”

实山微笑着打断他。虽然实山并无责怪的意思，但是木槌却为自己的失言感到抱歉。

“失敬失敬。不过，人已经走了倒也没什么吉不吉利的。老师那么讨厌下雨，葬礼那天不也下了？说起来，喜欢下雪却不喜欢下雨，还

① 日文中“狐狸”的发音为“kori”，与“coli”近似。

真有些特别。话说回来，幸亏有实山你们在身边，小留知老师到最后也应该走得很安详。老师比较多愁善感，尽管周围有很多学生，也很容易感到寂寞。虽然我不是她的亲属，但还是想对你们说声谢谢。我们这些人啊，从没走出过这座小城，从未在外面生活过，真的从老师那里学到了很多东西。”

如今不同往日，在三十年前的雪沼一带，小留知老师因为不肯离去，没少遭人白眼。在这个地处山中、比村子只大一圈的小城里独自生活，非常惹人注意。再加上她不是本地人，在五十多岁到雪沼落脚之前，一直生活在东京。小留知老师以前在京郊经营着一间小小的烹饪学校，雇了一个年轻的助手。为什么会想到来这里生活呢？真正的原因无人知晓，但是表面的理由，实山曾经从老师自己口中，以及从木槌那里听到过几次，像讲故事一样。于是，那就成了小留知老师在雪沼公认的正式履历。

在雪沼北山的斜坡上，有一家市营滑雪场，虽然规模不大，但却因为雪质优良而远近闻名。在索道设施刚刚齐备的开业初期就获得业界好评。因雪质非常接近于阿尔卑斯山的雪，吸引了很多专业滑雪者，口碑甚佳。在滑雪联盟的推动下，一些以亲善合作为目的的欧洲投资人，还有很多外国选手也来到此地。所以，这个被大雪深锁住的封闭的小城非常奇妙，它有一角是面向海外开放的。

小留知老师是在跟滑雪场有关系的一个学生的带领下，第一次来到雪沼。依山势而修建的滑雪场就像是一座平淡无奇的杂木林延伸出来的一片区域，顺其天然，丝毫不显得突兀。场内的客人数量总是与场地规模相得益彰。并非有人刻意控制，只是因为这里的停车场容量有限，停放不下多台大巴士，旅馆设施也很少，所以客人的人数自然受到限制。它是这座城里唯一的游乐场，多一寸则大，少一寸则小，规模恰到好处。小留知老师自此开始每年光顾。比起滑雪，她更多的是玩雪。而自从与常住的旅馆的主人木槌熟悉起来之后，在秋高气爽的好季节，小留知老师还经常会特意开车前来，采摘山野菜，或者去山谷中的牧场里买些鲜奶油。

就这样，小留知老师在东京与雪沼之间来来去去，度过了十几个滑雪季。那年，她突然决定关闭东京的烹饪教室，移居到这座小城。除了冬天偶尔会看到外国人，夏季气候干爽，适合她不喜潮气的体质，食材丰富、水质清纯可口等理由之外，最后促使她下定决心的是木槌表示可以将自己名下的一块土地，以低廉的价格转让给她。这块地原本是农田的一部分，地处一片舒缓的坡地，位于省道通往雪沼的道路旁，属于市内与周边区域的交界地带。小留知老师用自己的积蓄买下了这块地，借用她自己的话来说就是“单身者的随心所欲”。她起初是打算除冬天来访之外，夏天也过来休假，顺便研究一下传统的乡村菜肴，并计划在这块地上建一座小木屋风格的平房，开一间季节限定的餐馆。但是不知何时，却开始向真正的移居发展，她处理掉东京的地产，在这里建起了餐馆兼烹饪教室，并在建筑中最低限度地保留了自己的居住空间。很快，又增建了拥有二间客房的新馆，住宿设施基本完备。当然，对突然上门的客人，她会非常得体地优先推荐木槌旅馆。

她不想沿用东京的烹饪教室的名字，而想取一个新店名。在她的脑海中浮现出的，是年轻时候在学习烹饪的学校里，法国老师曾经说过的话："你的名字在我的祖国也有。"说起来，小留知（Oruchi）这个姓氏非常罕见，在祖父母的故乡北关东可以找到几家，但是在东京却从来没有听说过。因为与充满妖力的大蛇 Orochi 谐音，所以小时候她总是会被其他孩子"蛇女蛇女"地乱叫。这种童年经历让她一直非常讨厌自己的姓氏。但是那位老师告诉她，法语 Ortie，指的是法国乡间常见的一种野草，可以用来做菜。当时，她又在语言学校的图书馆中发现了一本烹饪书，从中得知Ortie就是摸起来扎手刺痛的荨麻，在彼国是做浓汤以及果酱的材料。自那以后，小留知才开始为自己的姓氏暗自感到骄傲。在入口露天座位的旁边，从屋檐下伸出来的招牌上写着“荨麻庭院”，名字就是这么来的。

移居到此地并不是为了做生意赚钱。冬季如果能有收入当然是最好，但即使没什么生意，近乎自给自足的食材，以及卖掉东京的土地得到的资金的剩余，也可以支撑相当一段时间的自由生活。开设烹饪教室，也只是出于社交的考虑，意在创造与保持一个与当地人接触的平台。所以，餐馆开业没做任何宣传。开车经过的人偶尔注意到这里，有时会进来吃个饭休息一下。就这样，半年以后，店内才开始放置一些宣传单。而烹饪教室则在野菜等食材丰富的夏季开设，值得纪念的首届学生仅有三名成员，一名家住雪沼，另外两名主妇家住隔着两座山的新兴住宅区，需要驾车来听课。实山就是新兴住宅区的首届学生之一，而如今，她也已经年过六十了。后来，有的学员随丈夫调职搬迁到外省，其后加入的学员也没有坚持多久。只有 Little Bear保龄球馆的老板娘热忱地坚持学习数年，并起到了凝聚年轻学员的作用。但自从她过世，学员便渐渐减少，教室处于开业停课的状态。不过餐馆这边却经营稳定，因为有滑雪场的客源保障，冬季自不必说，即便在淡季，有时周末也会有自驾前来登高望远的游客。几年前嫁给雪沼农业协会职员的庸子在店内做主要助手，实山开始照顾小留知老师的日常起居并担负起陪伴之责。

“回想起来真的好像是一瞬间的事情。老师刚到这里来的时候，我还不过是我女儿现在的年纪，看到教授烹饪的宣传单，也没多想就开着车来到了这里，没想到一下子被老师关照了这么多年。上了年纪之后又得以在这里做帮手。我本以为自己对老师的情况无所不知，可是如今老师这么一走，我突然又觉得自己对老师一点都不了解。”

“老师真的一辈子都是单身吗？”庸子突然想起一直以来想问也没能问的问题，冲口而出。

“老师似乎提到过，曾经有个人差点儿就成为亲人，只是她说得比较暧昧。所以，虽然没结婚，但是我想她应该有过喜欢的人。不过，从葬礼来看，倒是很明显，老师跟亲戚根本没有什么往来。”实山语气沉稳地说道，“听说她自从开始工作就正式学习烹饪料理，但是搬到这里之前的事情，几乎没听老师说过。至于传说她是雪沼唯一一个曾经有过海外生活经验的人，她本人既没否认，也没承认。说实话，这些传说的可信度没办法判断。”

“说到底，我跟老师真正学到料理也只有两次。”庸子说道，“就这么结束了，心里真是觉得遗憾。实山如果能继承下来就好了。”

实际上，这样说的人不止一个，你继承下来不是最好的吗？实山喜欢烹饪，跟老师学会做的果酱、水果焗塔以及几种以前从未见过的野禽料理，家人都赞不绝口，连当时正在长身体的儿子们也吃得不亦乐乎。但是，实山却总是做不好荨麻汤。最关键的荨麻汤。因为是和老师的名字一样的食材，作为学生应该无条件地喜爱，但是那古怪的味道实山却无论如何也忘不掉。

记得第一次见面的时候，老师在学员面前，首先就对自己的名字以及店名的由来做了说明，并且还到后院采来自己种植的荨麻，亲自做了一道汤。那天也是个雨天。虽然不记得是什么样的雨了。当时，这周边的道路尚未铺设成柏油路，赤褐色的泥水漫流，菜园的泥土吸饱了水分，黑黝黝的。老师身披雨衣，脚蹬长靴，轻快利落地走入菜园中间。因此，后来当大家听说老师讨厌下雨，还以为她是在开玩笑。实山她们每每将当时的情景拿来调侃时，老师都会不好意思地辩解道："可那个时候，我也很紧张啊，面对的是来到雪沼之后的第一批学员。"

“荨麻，这种名字不够漂亮的植物只有日本才有吗？其实不是的，至于品种是否相同，那就属于专业方面的话题了，我不太懂，但是我知道，在法国也有荨麻，而且还是一种用途非常广泛的草。栽培养育的时候需要施以水肥，因为含有与蜂类和蚁类相似的成分，不小心碰到的话，皮肤会产生过敏。而同样的毒素，还可以用在预防害虫方面，有意思吧？可是能够食用的就只有嫩芽了。”

做法非常简单。采摘幼嫩的荨麻芽，掐下叶尖，与切成小丁的马铃薯、洋葱一起煮上三十分钟，再用搅拌机搅成糊状，倒回锅中，以盐和胡椒调味，出锅之前加鲜奶油即可。当时，实山有生以来第一次见识了进口搅拌机。至于汤的味道，却一言难尽。你可以说它好喝，也可以说它不好喝。青草的味道非常浓郁，苦与酸的比例微妙，每次入口，舌头表面和口腔深处都会感到一阵富于变化的刺激。即便是习惯了新鲜的紫苏或者艾草的味道，也会对荨麻略有顾忌。吊诡的是，自从老师移居此地以来，为滑雪而来的法国人一下子像是绝了迹，用法国人的味觉来测试正宗法国味道的机会无奈消失。但是到了冬季，依然有很多游客开着轮胎上安装有防滑链的汽车来到滑雪场，而品尝这道特制浓汤的人，反应也各不相同。老师参考客人们的各种意见，经常会以牛奶代替鲜奶油，或加糖，或减少盐量而加入切碎的培根一起煮制，要么添加一些泡发干香菇的汁水，使之带着一些特别的隐秘的味道。各种尝试，以及花费心思进行的各种改良，使这道汤距离原本的味道越来越远。但对于实山来说，当年跟随老师体验过很多非常新奇的食物，无论是蒲公英煎蛋包，还是从养蜂人家与蜂蜜一起买来的槐花煎茶，几乎每一种都很美味，而只有这道荨麻汤，无论尝试多少次都吃不惯。

这道料理堪称小留知老师的化身，实山却不能像后来的学员们那样发自内心地喜爱，她感到很愧疚，甚至有些罪恶感。所以，于她而言，继承老师的庭院是一件不可能的事情。不知为何，她总觉得这道荨麻汤的味道，带着些自己永远也无法接近的神秘，在某些地方似乎就是老师人生的象征。一要碰触到最关键的地方，就像有电流通过，哔哔哔哔，让人无法接近。实山也曾想过，自己或许就是被这种神秘感所吸引，而一直跟随在老师的左右。老师从来没有表示过以后会将这里托付给她，对于实山来说，这也未尝不是一种解脱。

“我觉得，把这座房子用作公众集会所兼图书馆分馆，真的是再好不过的方案了。老师一直独身，她的庭院最后能够以这种方式被利用起来，不是很棒吗？店里的书架上还有很多外国的图书，不只是大开本的菜谱，还有绘本和纯文字的书籍。老师说，那些都是她年轻时刚开始学语言的时候买的书。现在作为遗物留下来，如果年轻人能够翻看学习，比只是摆在那里要有意义得多。”

“我因为完全看不懂，所以也没有什么兴趣。但是，记不记得去年夏天有个京都来的学生，为了写论文在这里住了一周的时间？当时她看到这个书架很是吃惊哦！说有很多战前的法国文艺类书籍。而且其中刚好有本书，是那个学生要用到的，她还特意从学校图书馆复印了带来。老师一听也很高兴，当时还回答了她很多问题呢！”

实山甚觉意外。她虽然听说过女学生对店里的书架非常感兴趣的事，但还是第一次听说小留知老师回答了女学生的问题。当时因为筹备小儿子的婚礼，自己忙前忙后顾不过来，把老师都托付给了庸子照顾，更别说住宿的客人了。回想起来，在实山所知的范围内，关于书架上的那些书，除了烹饪菜谱之外，老师一次都没有谈起过。

庸子突然站起身来，走向靠近门口的书架，极为熟练地抽出一本书，又走回来，轻轻地将它丢在与地板同样材质的栎木桌面上。书的封面已经泛黄，薄且朴素，印有红色和黑色的边线。接近酒红色的文字写着书名“Miracles”。实山拿过来翻着书页，指肚触摸到的纸张带着一丝丝暖意。

“这书是讲什么的？”木槌问道，“横排文字真是很难适应。”

“Miracle。就是奇迹的意思。”庸子用一种知之已久的口吻答道。

“喔，那，是关于神灵的书吗？也许老师真的在国外做过尼姑吧。哎呀，这样说可能有点不礼貌。不过这么一想，在临终之前老师说的很有可能是外语哦！”木槌点燃了香烟。

“看来不必特意去国外生活，在东京就能买到外国的书呢。”实山注意到，封底上贴着的像是日本二手书店的标签。

"那是自然。那个什么来着，coli 是吧？在已经处于无意识的状态下说出来的话肯定是含糊的。如果能听得很清晰才是真正的奇迹呢。"木槌还是对老师最后的遗言念念不忘。

作者是阿兰－傅尼埃[1]。这个庸子从未听说过的作家的生平以及作品，就是那个学生的毕业论文主题。书架上还摆着他唯一的一部长篇小说，是似乎很早就有日译版的《大莫纳》的原版著作，那个学生马上就分辨出其与图书馆中常见的那些书在颜色和外观上的不同。而这本名为《奇迹集》的作品集，是在傅尼埃战死于第一次世界大战之后，由他的亲友，即傅尼

① 阿兰－傅尼埃（Alain-Fournier，1886—1914），法国小说家，诗人，代表作《大莫纳》（*Le Grand Meaulnes*）被认为是法国文学经典，影响了几代人的阅读和写作。

埃的妹夫利维尔续笔，于一九二四年出版发行的。在这本收集了很多未完成作品的书中，依然收录了以莫纳为故事主人公的短篇，那位学生说她自己已将其试译出来，打算与已经翻译过来的那部著名长篇进行比较阅读。

庸子当时在征得学生的同意之后，将写有密密麻麻译文的几页笔记本纸张复印了下来，想过后请老师看一看。对折的复印纸夹在书中，让书显得鼓鼓的，因此，庸子不是根据书名而是根据书的外观，才能很轻易地就从书架中将它抽了出来。庸子从实山手中接过这本书脊已经接近于散架的平装书，提到一篇名为《农妇的奇迹》的短篇。似乎讲的是乡下农家的故事，以法国某个农村为故事背景，那个小村子比雪沼的人口还要少。木槌笑着说："那么，老师是不是受这个故事的影响才搬到我们这个乡下来的呢？”庸子非常认真地答道：“好像并非如此。”

“讲的是男男女女几个人一起去乡下时发生的事情。其中一个男人出生在那里，他认识一对农家夫妇，准备介绍给大家认识。刚才提到的那个名叫莫纳的男人，就是这户农家的邻居。哦，我想起来了，那位学生说过，她写的论文的题目就是‘邻居莫纳’。”

在雨中，农场房屋的后院，是不是也生有荨麻呢？早已过了嫩叶季节的，倔强的荨麻。实山想，那一定也曾作过重要的食材。她往杯中续上红茶，壶底残存的少量茶汤滴落在杯中，发出叮咚的声响，瞬间又被外面的雨声淹没——雨越下越大了。木槌不知何时又点燃了一支香烟。听说他到城里体检的时候，拍的肺部X光片上有一些浅浅的阴影，不知现在怎样了。从守灵那天开始，木槌手上的香烟就没断过。实山的丈夫嗜烟如命，最后被肺癌夺去生命，她非常辛苦地压抑住想夺走木槌手中香烟的冲动。

庸子又站起身来，准备再泡一壶茶。木槌说他不需要了，因为还有事要去别处，马上告辞。不一会儿，木槌骑上他那辆手柄上装有遮雨棚的摩托车，转眼便消失在雨雾之中。

实山闲来无事，拿出老花镜，开始试着读起这几张复印纸。字体很有现代感，一看就是女孩子写的。农家的男主人虽然是个酒徒，但是也担心儿子的将来。他不让孩子帮忙家里的农活，并不顾妻子的反对，决定将他送到寄宿学校。一周之后，男孩来信了。信中说自己难以适应学校生活，还被别人欺负，想回到乡下，给父亲做帮手。父亲把来信藏起来以免妻子看到，可是妻子还是感觉到了什么。而走访农村的一行人此时已经返回城里，后来发生的事情都是从农家的邻居莫纳那里听到的。

泡好茶回到座位上的庸子，听实山说起大致的故事情节。庸子复印了之后只读过开头，不知梗概，便一脸好奇地问道："后来怎么样了？"实山笑着说："我还没看完呢，没看完可讲不出来哦。"于是一边等着茶叶泡好，一边又继续读了下去。

一行人回去的那天夜里，夫妻二人之间发生了激烈的争吵，妻子愤而离家出走。她将母马套在马车上，消失在夜色里。主人向邻居莫纳求助，两人拼命地寻找车轮的轧痕，但是车辙已经被冰冷的雨水冲刷得一干二净，了无痕迹。就这样，找了两天不见踪迹，农夫喟然长叹，认为不识路的妻子一定是在荒野沼泽中失去了方向，再也不会回来了。然而就在第三天的清晨，女主人驾着马车平平安安地回到了家，而且还把孩子也带了回来。家里的女佣看着女主人，问道："您是去接少爷了吗？"女主人回答："也没有什么别的法子呀！"她走进卧室，但却没有躺下休息，而是立刻换了劳作服出来。时间刚好是早上七点，做弥撒的钟声响了，像是在祝福将爱子带回家的农妇。实山读着读着，越发不明白起来。这么平淡无奇的故事，为什么叫作奇迹呢？

庸子翻着原版书，听着实山的陈述，突然指着原文某处说道："这么说，老师喜欢的就是这个情节，农妇若无其事地换上劳作服，好像什么都没发生过一样。你看，这里还画了线呢，大概就是这里吧？”在她手指的地方，的确有用红铅笔画的线。但是对于实山来说，她只看到那里确实是画了线，别的却一概不知。庸子这次泡的是洋甘菊茶。因为木槌已经走了，他不喜欢气味浓烈的茶。实山一边啜着散发着甘香的茶汤，一边迷迷糊糊地思索着。

被母亲冒雨领回家来的少年，一定也松了口气吧。回到家里，尽管家中有粗暴的酒鬼父亲，也有辛苦的田间劳动，但也比在学校里受苦要好得多吧？而在黑暗中不眠不休，接回爱子，又一路奔波回到家中的母亲，并无暇沉浸在喜悦与安心之中，而是马上又投入劳动。她的行为令人肃然起敬。不过，如果换作是我，大概会暂时放下手中的工作，给从雨中荒野脱身出来的孩子做点什么吃的。荨麻汤或者别的什么，什么都好，想让孩子吃些暖身的东西。

这时实山突然一怔，几乎惊叫出来。小留知老师之所以画线，也许就是因为这段将孩子带回家的情节。所谓差点成为亲人的那个存在，也许并非是指未来的丈夫或恋人，而是指那个孩子，那个有可能成为自己家人的孩子。

为什么没有想到这一点呢？在将近三十年的交往之中，实山有过一次，也仅有一次曾经见过老师的眼中涌出泪水。小留知老师曾经讲过这样一则往事：在她二十多岁的时候，有一位相识的女子，请求老师假扮成亲属，去看望自己因某些原因而不得不寄养在福利院中的孩子。那个可怜的母亲只是想知道孩子过得如何，长成什么样子了。当时战后的混乱刚刚开始平复，食品粮食勉勉强强可以正常流通，老师自己都不知道能不能从困苦的生活中脱身出来，身心俱疲，形销骨立。那天她穿着破旧的衣衫出了门，到了福利院，向那里的负责人说明情况，表示能够远远地看一眼就好。很快，一个六岁大小的男孩被领了出来，身上穿着打满补丁的衣服。老师对男孩说："这位阿姨是你的远房亲戚，今天过来看看你生活得怎么样。"男孩默不作声，眼睛紧盯着老师，忽然，他把手从衣兜中抽了出来，摊开小小的手掌："这个，给你。"他将一个透明的小石头形状的东西递给了老师。"你知道那是什么吗？实山。是一块冰糖。是前些天到孤儿院来慰问的某位公司社长送的。你知道在当时，那块冰糖有多珍贵吗？

现在完全无法想象啊！”

小留知老师说着，眼中浮现出泪光。老师当时的表情，鲜明地留在了实山的脑海里，直到现在她也依然清晰地记得。当然没有任何证据，只是自己的猜测。但是她想，故事里那个少年的母亲，是不是就是老师本人呢？老师无论是做荨麻汤，还是咖喱，或是浓汤，炖煮时，很多时候加的不是蜂蜜或者砂糖，而是打碎了的冰糖。这种半透明的糖块，一般来说除了用作酿果酒之外，很少用在烹饪上，老师却常备，说用它味道比较稳定，偶尔还会拿一块，很郑重地含在口中。她还说过，偶尔出门乘火车去地方城市的时候，过隧道时为防止耳塞，用这个是最好的了。所以每次她都一定会带着冰糖，用来代替水果糖。实山想了想。老师最后想说的话，那个 coriza，难道不就是冰糖[①]吗？就是那个男孩子送给她的那块冰糖呀！原来，老师也想把那个男孩子领回家，哪怕被雨浇得湿淋淋的，也想把他领回去啊！

“哎，庸子，老师最后想说的那个词……”话刚说到一半，实山突然发现卷帘的另一边开始微微地亮了起来，她知道，此刻，太阳正在从云隙之间释放出光芒。

---

① “冰糖”的日文“氷砂糖”发音为“こおりざとう(Korizato)”。

河谷阶地

这些天来，总觉得身体有一点向右侧倾斜。在空空荡荡的石板墙上，嵌入墙体的铝合金窗框的纵线与窗外农田的地平线交会成直角，这个平常工作时看惯了的角度，现在却多少让人感觉有些异样。而且，当他抱着几张沉甸甸的大号厚纸板，将它们送入陈旧的裁剪机时，二十几年来从未变过的重心——右脚，其位置也变得不那么确定起来。入梅之后雨水连绵，农田泥泞得有如沟渠一般。农作物收割之后的土地，绿色消失无迹，棕色的土壤恢复了高低蜿蜒的样貌。每逢梅雨季节到初夏，这种不规则的崎岖地貌便时常可见。但视野产生不正常的偏斜，则更多是由于身体的原因。长年困扰着自己的坐骨神经痛传到大脑中心，疲劳导致持续低烧，因此，一直以来，视野发生变化不是因为季候风景，而是因为自身。

但是，田边觉得这次的情况有些奇怪。这个季节由于早晚气温不稳定，稍不注意就会得病。他听从妻子的劝告，减少间食，控制酒量。现在，对身体前所未有的重视终于奏效，一直困扰着他的神经痛没有明显发作，眼睛的疲劳也减少了很多。在省道旁的综合医院做的常规体检也未发现异常，可以说，他过了一段与眩晕以及麻痹几乎绝缘的日子。然而此时，好像鞋底的橡胶磨损掉了一半，导致周围的世界在向右倾斜。不，与其说是倾斜，不如称之为下沉才更准确一些。

一想到橡胶底这个词，田边就自然而然地将视线落在脚下。他将手撑在剪切机的边缘，分别查看了一下两个鞋底。感觉不对劲的右脚，鞋底的橡胶依然还在，就算有磨损也与左边不差上下。所以，身体的重心发生偏离不应该是鞋子的问题。那么究竟是哪里不对呢？承载着数百公斤重设备的裸露混凝土地面，有一部分已经出现了裂痕，但是看起来问题不大。田边又将视线转了回来，将目光投向农田的一角，那里生长着颜色尚青的番茄，还有毛豆以及玉米。农田顺着地势向前方逐级下降，一直通向尾名川的岸边。

今年春天，在距河川一百米左右的那条与

河道几乎平行的狭窄道路上，家里那条老狗隆隆被卡车撞死了。隆隆时不时会溜达到农田里，它从不破坏农作物，只是准确无误地吃上几口杂草。这条路经常被用作省道和外环路的捷径，交通量较大，经常会出危险。但是隆隆上了年纪之后，动作变得迟缓了许多，所以田边夫妇以为应该不会有什么问题，就一直放养。隆隆自小从别人那里抱养过来，夫妇二人与它一起度过了十二年的光阴。第一天来到家中的那个晚上，小家伙奶声奶气地讨吃食，叫声绵软，听起来像是隆、隆的发音，于是就为它取名隆隆。随着隆隆一天天长大，那种叫声也逐渐消失，可是到了老年阶段又出现了。所以，那天田边压根儿没把惨叫声与隆隆联系在一起。回想当天，道路上突然传来急刹车的声音，伴着动物的一声惨叫，撕裂了运转中的剪切机厚钝的声响。当时，从田边工作的角度看不到那条路，因为这附近无论昼夜都经常会有狸子出没，他还以为是野狸子被车撞到了。而妻子正在车间对角的小办公室里整理票据，从办公室的窗户可以看到外面那条道路。直到听见妻子悲声骤起，田边才意识到出了事。他连剪切机都来不及关掉，就朝门口飞奔出去。卡车已经开走了，只见隆隆挣扎着站起身来，摇摇晃晃地走了几步，便一头栽进了路边的水沟中。田边跟妻子立刻冲上前去，一起将它抱起来，但那时，隆隆已经没有了呼吸。就在不久之前，透过剪切机前的窗口，一天还可以好多次看到隆隆的身影。它有时会站着一直望向这边，有时会叼着被丢弃的菜梗菜叶，优哉游哉地从左逛到右，从右逛到左。如果叫它，它就会晃晃悠悠地回到窗根底下，懒洋洋地躺下来，抬起头，摇着尾巴看着田边。如今，在窗框之中，还会时不时地浮现出隆隆的身影。

田边继续着他的工作。今天是星期天，只有他一个人来上班。有几百套马克杯的包装盒，必须在下周一的“一早”就送到烧窑。这种马克杯一套两只，在高速公路上的服务区商店里、雪沼市内以及周边滑雪场的商店中都有销售。通常商店会采用成本低廉、外形粗陋的厚壁无花纹陶杯，再印上各地各种不同的标志，便可作为伴手礼出售，但是最近为了吸引年轻女性，考虑到使用时的舒适性，杯壁开始减薄，整体设计更为小巧。这种新推出的马克杯自然会需要新的包装盒。田边从堆积成山的原料库中，抽出了一大批适合这种杯子规格的蓝色瓦楞纸。一米几十公分见方的正方形厚纸板，需要计算如何布局和剪切，才能最大限度地提高利用率。田边单手拨起了算盘。如今，用计算机可以瞬间得出答案，但是田边沿用的还是当年刚工作时习得的工作方法。尽管称不上是多么熟练的技能，但只要有公制和市制混合刻度的几种量尺曲尺，再加上彩色粉笔以及算盘，用不上几分钟，他就可以从厚纸板上裁切出各种尺寸的部件，用于组成立体纸盒。

长一尺二寸半，宽六寸半。平时，当车间里的设备满负荷运转，噪音淹没了整个空间时，他会边念叨着边记录：一尺二寸半、六寸半。一是为了确认，其实更是一种为工作流程赋予节奏感的方法。但是今天，休息日自己一个人出勤，一进来他就觉得缺了点什么，车间里安静得让人不由自主地想去注意窗外的景色。他微微有些发窘，埋头工作着，不声不响。或许脸色神情也与平时略有不同。

蓝色的瓦楞纸板上，白色的粉笔印显得格外醒目。大致画好平面草图之后，他转动手柄，调整千斤顶，将刀刃对准了需要的刻度，待机器一开动，就把瓦楞纸板送进机器，初步裁出各个组成部分。因为剪切机的剪刃只能进行单向作业，所以切好一侧之后必须将纸板调换个方向，再一次送入机器。就这样，裁出了两三种不同尺寸。装有两只马克杯的纸盒子里面需要有隔断。在隔板的内折位置一边旋转一边下压，不用裁断，做出折痕即可。这道工序用类似于刀背一样的刀具来完成。必要的部件备齐之后，就要用大型装订器进行装订组装，插入隔板，垫入软而薄的瓦楞纸用作缓冲材料，再将陶器样品试装进去。如果纸盒会鼓肚，或者盖子无法盖拢，就要从头重新做起。

虽然做出来的平面纸板尺寸毫无问题，但是今天却总感觉哪里不对劲。如果设备倾斜出了什么故障的话，裁出的纸板应该会出现翘曲或者偏移的情况。但是并没有。可是，在端着一张张纸板送入机器的时候，田边还是觉得作为重心的右脚有些许沉坠感。是不是神经系统方面，比如半规管[①]的哪个部位出了问题？田边暂时停下手中的工作，穿过原料堆之间狭窄而险峻的细窄小道，回到了办公室。他从冰箱

① 半规管，是维持姿势和平衡有关的内耳感受装置，内耳的组成部分。

中取出常备的罐装绿茶，在一张红色人造革沙发上坐了下来。田边一边喝着绿茶，一边慢慢吸着他的 Hi-lite[1]牌香烟。

因为车间里都是纸类制品，所以带火的东西就都集中在这个只有十平米左右的空间和小厨房。这是工厂里唯一的吸烟区，因为是用玻璃隔断，所以谁在里面都会一目了然。曾有那些偶然看到招工广告便来应聘的奇特青年，先是欣然入职，却因为嗜好抽烟，没做多久就开始感觉厌烦，不出一个月便辞了工。现在能帮上忙的只有两位女性——妻子以及家住附近的临时工堂垣。所以工厂的运作也不是没有困难。在整个工序中最需要体力的原材料搬送，就只

① Hi-lite，日本烟草公司（Japan Tobacco）制造并销售的代表性香烟品牌，极为柔和的滤嘴是其鲜明特征。

能靠田边来做。十年前做起来还毫不费力的作业，如今却开始担心会加重腰、肩和膝盖的负担，动作起来格外谨慎。田边忍不住轻叹，香烟的烟雾袅袅，与叹息声一起从口中溜出。朦胧之间，自己的身姿仿佛与隆隆那天在窗外的遭遇重叠在一起。我会不会也像它一样，摇摇晃晃地出现在疾驰着的汽车前面？田边罕有地脆弱敏感了起来。电话响了。是妻子打来的。

“几点回家？”妻子问道，“回来吃午饭吗？”

“嗯。”

“家里没米了。晚饭前我会买回来。你看午饭就吃个乌冬面或者荞麦面行不行？我想，就用昆布吊个底汤来煮面。”

“这样啊，那，吃乌冬面吧。”

这么说起来，最近的伙食里似乎汤汁类比较多。自从女儿出嫁离家之后，多油的食物骤然减少。也许是照顾到自己的口味，也许是妻子自己也想吃些清淡的。田边也不知道具体原因。

“怎么了？怎么感觉你没精打采的？”

“嗯。”田边答道。

“光嗯人家怎么会懂呢？出什么事了？”

田边沉默了一会儿，又开口说：“麻烦你，能过来一下吗？”

“去工厂？是不是哪里不舒服？”

家在尾名川下游附近，到工厂大概需要十五分钟的车程。每天，田边都会先过来开门，开着送货用的卡车，副驾驶的座位上总是坐着隆隆。妻子则会先在家里收拾早饭后的饭桌，做清洁、洗衣服、做便当，然后自己开着小汽车过来会合。

“没什么大事，就是需要你来确认一下。”

“怪怪的。那我就顺便买了午餐过去吧。寿司可以吗？”

“乌冬面变成寿司啦！”

“有什么不可以的，星期天嘛！”

星期天我也是在工作哟，田边话到嘴边又咽了回去。“一早”是比较夸张的业界用语，实际上指的是到当天中午之前。但是田边一直以来都是从字面来领会这个词的意思，如果交货期被指定为一早，那么无论刮风还是下雨，他都会排除万难，保证一大早便送货上门。在田边看来，要取得他人的信任，必须具备这种认真的做事态度，这是他的人生信条。尽管妻子能够更为正确地解读，并且告诉他，即便是当天早上开工，基本上也能够完成要交的数量，但是对于田边来说，那是无法忍耐的事情。所以，对于星期一交货的要求，提出一定要在星期天就把纸板全部裁好准备出来的，正是田边自己。

放下电话，田边再一次将身体陷进沙发，又开始叼上他的Hi-lite。沙发的靠背被黑色的记号笔涂了鸦，看不出画的是什么动物。那是当年经常到工厂来玩的调皮女儿信手涂画的，大概在她上小学前后。二十多年过去了，笔迹依然鲜明地留在那里。女儿当时声称那是一条鳄鱼。不过在田边看来，那倒像是长着牙和嘴的一截木头。后来，香烟的火星曾不小心落在上面，烧了个洞，露出了里面黄色的海绵，那应该是女儿临上中学时的事情了。如今，这张沙发已经磨得发亮，座面也已出现龟裂，用来给客人坐未免太简陋。但是烧坏的小洞看起来就像眼睛，格外有趣，所以田边一直舍不得丢掉。他把它藏在别人看不到的地方，继续使用。不知是不是因为受到剪切机异常状况的影响，田边觉得连沙发都有点向右边倾斜，发出咯吱咯吱的响声。他指间夹着香烟，静静地等待着妻子的到来。

"哎呀，还真是的。你这么一说，我也感觉右边有些低呢！"

妻子听过田边的说明，便站到剪切机正面，回头对田边说道。可是妻子只有在下班前清扫时，为了清理周围的碎纸屑才会站在这个位置，为什么也能判断出右边低呢？田边先是松了口气，然后提出自己心中的疑问。

“因为你出去送货的时候，我经常会站在这个窗口跟隆隆说话呀！不过，要不是你说得那么可怕，这种倾斜我根本都注意不到，没那么严重吧。”

“那你觉得它斜吗？”

“斜还是有些斜的。”

两个人交替在同样的位置站定，查看窗框以及地面的状态，但最后还是没看出来哪里出了问题。田边无奈地重返作业。在妻子的帮助下，连组装工序都完成了三分之二。下午的安排大致有了头绪之后，两个人在办公室里一边看电视一边吃着他们的午餐——某连锁店出品的寿司。电视里正在播出一档专题节目，由一位落语家艺人到地方进行采访报道，主要针对一些有缺陷的住宅展开话题。比如刚入住几天就发生倾斜的新建住宅，或者因为土地的地基不够牢固而出现整体下沉的公寓建筑，介绍的都是有关住房的现实问题。田边和妻子几乎没有对话，只是默默地看着电视画面。她大概也在考虑同样的问题吧？田边心中暗想。

二十年前，他们拆掉了自家房屋边那间窝棚一般的小工厂，增建了儿童房，同时将工厂搬到了这里。起初寻找厂房时，一直没有合适的，最后，他们决定找一块相对来说便宜一些的地皮买下，努努力，盖一座空间足够大的新房子。在客流量较大的省道沿线，土地都陆陆续续被用于兴建住宅，造成价格飞涨。而且有大型设备噪音的工厂也不适合建在市内。在旁人的提醒下，田边看了很多位置较偏的地块，位于尚未铺设柏油路面的偏僻地区。他想找一处离家不算太远，价格又相对便宜的地皮。除了托朋友帮忙留意，还向以前有过工作往来但关系并不太熟的几位相识打听，却一直没有得到值得关注的信息。最后房屋中介给他推荐了河谷阶地一带。这里位于尾名川中游地区，地阔坡缓，农田和苗圃占了一大半面积。在距河流较近的坡地上，有一块土地正在出售，虽然形状不规整，但在面积上却无可挑剔。这块土地呈不规则的六边形，是片空地，过去曾用来堆放收割下来的庄稼，进行农产品分装。卖家属于一个大地主家族，产业遍布周边。据说本来是想将来把这里作为住宅用地，但是家中的夫人对风水比较讲究，认为此地的方位不是很理想，必须要在某年某月之前处理掉才行。对方提出的价格只有田边预想的一半。

也有朋友劝田边，没必要特意买一块那么不方便的土地。尾名川的河道在这里折了一道弯，弯度和缓。这片被圈在内湾的土地位于沙洲旁的坡地上。虽然没有被洪水淹没的危险，但是因为距河流很近，到了少有车辆通行的休息日，河水的水流声会穿过岸边的松林，清清楚楚地传过来。田边的工厂存放着很多不耐湿气的原料，本来应该避开这种环境，但是他却认为可行。原来紧挨着自家房子建的那个旧工厂，旁边就是一条水沟，现在虽然加了混凝土盖子，成了一道暗渠，但是在过去却是露天的水流，每到夏天因生活排水散发出异味，整个工作间都会笼罩在潮湿的空气中。尽管在那种地方，因为地面结结实实地铺上了混凝土，二楼又用钢筋铁架加固，原料放在里面几乎从没发过霉。而这里河风清爽，风速较快，空气的滞留比较少。看上去停车场面积也可以得到保障，足够停放两辆轻卡。

但也有一点令人担忧。在沿河星星点点建起的那些房子中，有很多看起来都有些倾斜了。不是几乎倒塌的废弃房屋，也并非由于旁边的车道倾斜。或许是因为河谷阶地本身的土壤就不够坚固，发生了滑坡或者地盘下沉的现象。可是，如果支柱发生倾斜，肯定是个大问题，临时补救也无济于事。不过从外面观察，似乎还没发展到那种程度。有一位专业农户西肋先生，住得离河道更近。因为上上代人种下一大片茂密的竹林，竹根加固了地面，所以对于防止滑坡和土地崩坏，西肋先生胸有成竹。田边受到启发，对啊，如果担心滑坡，就种上竹子，让它们扎根下去好了。于是田边下定决心，不再动摇。后来他与西胁先生也相处得不错。

之后二十年，平平安安地过来了，除了在经济不振时需要想办法应对，倒没有其他任何值得担心的事情。然而，现在却似乎出现了一些变故。“会不会是地基的原因呢？”“不会的，”妻子马上否定了田边的猜测，“要是地盘下沉，那房子整个都会变形，就像电视上播的那样，连房门都打不开了呢，东西都会掉到地上去的呀！”

“也是。”

“剪切机本身有没有什么异常情况？”

“刚才运转正常。”

“有没有可能是因为纸板量太大，所以刀刃的间隔错位了？”

“不会。”如果不是地基的问题而只是设备的问题，那就好办多了，田边心想。

“可是，感觉不对劲的只有那里，别的地方都没问题。刚才也说了，如果是房子的问题，那板岩的墙壁不应该早就裂开了吗？”

吃过寿司之后，田边拿了一根火柴当牙签，一边剔牙一边听妻子说话。虽然体力下降，但是他对自己操作的准确性还是有自信的。而且，他没有觉得设备的功能上出现了什么问题，不过，妻子的话也有一定道理。

“那，请老青来看一下吧？”

“我也是这么想的。也有好久没请他过来看了。从去年夏天开始，设备就没检修过。”

“这么久了啊。”

田边的工厂里使用的各种工具，九成都由

青岛机械制作所的青岛先生经手。社长兼技术制作者青岛，跟田边已经有四十多年的交情了。他毕业于当地的工业高中，毕业后就职于包装纸盒生产厂，负责进货以及机器的维修保养。田边当时在同一家企业工作，也许是因为年龄相近，两人一见如故，遇到休息天，还经常呼朋唤友地一起到位于尾名川下游的河滩运动场去打棒球。青岛比田边略长几岁，他先离职单干，田边受其影响，一年之后也追随其后，辞去了工作创业开厂。采购新工厂需要的设备时，田边没有买二手成品，而是全部使用青岛先生亲手制作的设备。

把机械看得比一日三餐还重要的青岛做事并不灵活，是个出了名的慢节奏。一台不算大的皮带传送机，修理以及保养花上整整两天的时间也不算稀奇。但是与之相对，只要他经手修理和技术维护过的设备，内部状态无一不与新品相同。而且他还会留意到设备操作者的使用习惯，并将其很好地保留在设备当中，这一点是其他任何人都做不到的。他只是恢复零部件的活力，而不会消除熟悉机器的使用者的痕迹。青岛先生很自然地说：“这跟调整棒球手套是一样的道理啊！倒不是说花费的时间越长越好，但是人都有适合自己的节奏不是？机器也有个体差别，所以呀，要一个一个根据不同的情况来区别应对才行呢。”

青岛先生制造的设备像黑匣子一样，如非制作者本人则无法了解其究竟。其实，即使从外行人的角度来看，都知道这绝不是个聪明的办法。需要更换的磨损件都是自家的独有规格，所以很难请其他人来修理。而且，说起来恐怕令人难以置信，他看得懂别人画的设计图，但是自己却完全不会画。确实，他的字写得不够好看是原因之一。田边曾开他玩笑，让他再练练字，可是他却说："练不出啊。我写出来的字，能让别人看懂的大概只有自己的名字了。我老爹以前经常说我的字就像蚯蚓爬，还说，字写成这个样子，倒是可以去当医生了。"不过话说回来，青岛之所以不会画设计图，是因为他会先动手将实物化为形状，再将其还原为展开图，与正常的顺序刚好相反。所以只要他脑中的设想不拿出来，就无法进行作业。

青岛先生经常说："阿边啊，修理可不是更换零件哦！我的设备如果发生问题，只要我从外部用手摸一摸，就大致会知道哪里不对劲。

一摸就知道，是因为这些设备的构造很单纯，全部零件都可以拆卸组装。虽然有人说它不好看，但是设备内部的构成，原则上都是能够让机器本身最方便运转。无论大型设备还是小型机械，拆开之后用机油仔细清除掉零件上的脏污，就可以长久地使用下去，保持这种状态才是设备制作者的本分啊。”

田边也这样认为。如果一出故障，不去确定故障的具体位置，而是将周边一股脑地拆下来，再换上一组全新的部件，这很难称得上是修理。以全部切除取代局部修理，就像是胃的一部分发生病变，却要将整个胃囊摘除一样。如果有一种治疗方法，能够针对具体病灶有的放矢，不伤害周围的脏器，不为身体加重额外的负担，就应该加以推崇。不是大致判定问题区域，而是应该从大范围逐渐缩小，慢慢接近问题点。换言之，要有抓住关键点的耐心。田边一直认为，单纯而融通、可以拆卸组装的构造，无论对机械、社会还是人际关系都是需要的。如果与儿子、女儿，当然还有妻子都可以以这种方式关联，那该有多么健全。只有构造单纯，修理才能有效进行，语言才能确切传达。

田边不由赞叹老青，在这一点上真的做得非常彻底。顾客一旦接受了自己的“作品”，他就会尽心尽力地服务到底，并以此作为自己工作的大前提。青岛从一头浓密的黑发到如今白发苍苍，无论是周末还是节假日，如果客户提出请求，只要时间允许，他都会不辞劳苦地直奔机器而去。只不过，按照青岛师傅的工作方式，维修也只有在没人的休息日以及营业时间之外才可以进行。也许下周应该请他过来一趟。

“好吧，那就请他来看看吧。”田边说道。清理完牙缝，他手指中夹着的东西从火柴棒又换成了 Hi-lite。

“是呀，打个电话问问嘛。顺便再请他调一下刷浆机的电机。最近总是会塞纸，纸都团在一起了。对了，你告诉老青，如果干得太晚，晚饭就到咱们家里去吃。”

盒子上的包装纸以及记载着商品名称编号的标签，都需要使用刷浆机粘贴在盒子上，刷浆机是田边的重要伙伴，自工厂开业以来一直持续工作着。将浆糊在水中化开，用并列着细金属辊的小型传送带卷取稀释后的液体，让印有商品名称的最大不过十五公分见方的纸片从湿漉漉的圆辊上流过，单面整个涂过浆糊之后，再传送到工人的手上。工艺单纯，构造简单，除了电机之外没有什么会出问题的部件。往盒子上贴纸，靠的是手工。粘贴几百张之后，浆糊凝固在手上，手指会变得硬邦邦的，像一根根盐柱子，内侧开始隐隐约约地有些发痒。田边的儿子每次回家都会提出意见，他说如果使用计算机来做标签，会更加清洁，外观也漂亮。据说有专门的印刷装置可以在瞬间完成这道工序。儿子表示，都是为了父亲自己才会这样不厌其烦地劝说。每次听到儿子说这些，田边的脑海里总是会浮现出青岛的面容。如今，不仅设计图，连成品的立体三维图纸都可以用计算机轻松绘制出来，青岛先生却始终坚持着手工作业，必须要自己组装、试运转才知道自己做出来的是什么样的作品。田边从年轻时开始，就与这样的青岛一起共事，抱有一种共同奋斗的意识。他坚持如一，我也保持原样，每当这时，田边的心中都会升起一种畅快之感。

电话打了过去，青岛在自己的工厂。但是他说这周因为有雪沼滑雪场缆车的维修工作，还有已经停业的旧保龄球馆置瓶装置的解体工作，所以下周日之前一直脱不开身。田边笑着说："你还是老样子，总是会接一些莫名其妙的业务。"

隔周的星期天下午，青岛如约来到了纸盒厂。他首先仔细地调整了刷浆机的电机速度和切换手柄，之后就站到剪切机前，抱着手臂听田边的说明。"我倒没觉得倾斜。"青岛先生一边说着，一边把几张有坏损的次品瓦楞纸板铺在混凝土地面上，仰躺了上去。

老青一点都看不出是上了年纪的人，田边在心中暗道。眼看就要到六十五岁，老青的精神气质却跟从前一样，没有丝毫变化。而自己周围原有的那种单纯、透明的感觉，却在这十年间渐渐消失了。很多人都喜欢将单纯明快与高效混为一谈。但实际上，事物不一定会因为效率高而变得单纯，而不能够理解这一点的人，也不知从何时开始变得越发贪婪起来。雪沼再特殊，沿途跑上五十公里，道路边的景色也与其他城镇的几乎相同。都有宽敞的停车场，以及组装屋一样的超市和游戏厅。也许，导致地盘崩坏的不是河阶下方，而是过去由地盘支撑着的谷底。

骤雨初歇，雨后的强烈日照让工作间里变得十分闷热。田边感觉有些昏昏沉沉，不禁想吸烟。青岛先生正在默默地转动着扳手，田边招呼他说："适当休息一下，来喝点冷饮吧。"于是径自进了办公室，一连抽了好几根 Hi-lite。抽完烟，他打开冰箱查看，发现罐装绿茶已经没了。冰箱里只有六听啤酒，还是上周末来工厂的顾客带来的。因为实在是太渴，田边咕咚咕咚一口气喝下了一罐，又不自觉地拿出另一罐喝干了。他的脑海中浮现出妻子的面容，脸有些发热，脖颈上的血管开始突突地跳了起来。田边有些犯困。眼角的余光下，青岛还躺在地面上。"老青，休息一下吧。"他招呼着。青岛面孔发青地站起身来，莫名其妙地来了一句：

"完蛋了，真是惨啊，我也老了啊！"

"怎么了，这可不像你说的话呀，出了什么事啊，是机器故障吗？"

田边追问道。青岛表情懊恼地摇了摇头："是我的失误啊，简直难以相信。右脚的螺丝拧得不够紧，所以高度就出现了一点偏差，左边和右边应该是拧到相同程度才行。我手腕的力量也开始衰弱了，你瞧，我右边的胳膊是不是有点奇怪？你摸摸看。"田边看过去，只见青岛的手臂变成了一条漆黑的细铁丝，仿佛一折就断。"哎呀，阿边也是呀，你的胳膊腿也都很细呀，这样可不行呢。"田边吃惊地看了看自己的胳膊和腿，发现它们变得比铁丝还要细，细得可怕！

田边惊叫着醒了过来。越过大大的玻璃窗，只见青岛还躺在狭窄的过道对面，雪白的头发散在地面上，像一摊软嫩的鱼白。

送灵火

到底，又买回来了。

阳平用略带沙哑的嗓音，慢条斯理、一字一句地说道。他坚持认为，说话的节奏要配合自己的心率才是最佳。阳平虽然身材瘦削得仿佛一折就断，但因为年轻时接受过长跑训练，所以心肺功能非常强大，在他这个年纪实属难得。通常，在静止不动的时候，他的心率会保持在平均值以下，总是会让医生感到吃惊。

一次跳动，运送的，氧气量，大概，会比一般人，多一些吧。

阳平说话时总是这样，断句很多，一字一顿。他腰杆挺得笔直，不紧不慢的说话节奏，不仅会让同龄人感觉心安，即便是孙辈年龄的孩子们听了，也会自然而然地安静下来。绢代刚刚进门。她与高中时代的好友外出旅行归来，从温泉镇买来了一盏质量上乘、式样罕见的黄铜制油灯。阳平抚摸着它，表情淡然地用他非同一般的独特断句方式说道：

“如果呢，能够更加享受，景色，菜肴，熟悉当地人的，面孔，会不会，更好一些？或者，如果，实际使用过，倒也，可以理解，因为，已经攒了，很多了。不，这，只是，我个人的，想法，你喜欢，就好。”

他像平常一样微笑着，脸上的表情似乎在说：下次，我还会，这么说呢。

“但是，真的点着了很危险啊！重新涂刷过的灰泥墙不就毁了嘛？上面还有好多纸，如果沾了火星一眨眼就烧掉了呀！”

“可是呢，话说，从前……”

“从前都是在蜡烛的光亮下又读又写，对不对？你现在已经是个老爷爷啦！从前从前的。你也得考虑一下孩子们的眼睛啊！”

阳平比绢代年长几乎两轮，到这个秋天就七十二岁了，说他是个老爷爷也不夸张。绢代在与阳平结婚之前就开始收集油灯。在旅行地买那种灯芯粗粗的油灯，是绢代为数不多的兴趣之一。朋友们大多会在旅行地买一些写有地名的三角形信号旗或者通关文牒来收藏，他们对绢代的行为表示惊讶，不懂她为什么要收集这种毫无特征的东西，不理解她为什么非要特意从旅行地拎回这些在百货商店的露营用品卖场就能买到的油灯。但是用绢代的话来说，那些号称当地特产的旅游纪念品，才是与当地毫无关系的生产商一并揽下并制作出来的东西。在固定规格的板子和布片上，适当地印上些不同的图案即可。要真想囤积那些玩意，不如直接去批发商那里。

当然，对于油灯，也可以用相同的理由来反驳。所以，绢代有时也会随和地应应景，只是，至多也不过是买些明信片之类的纪念品。绢代不喜欢闪亮刺眼的东西。在乡下的礼品店里，在一些样式老旧、业已停产的库存品以及挂在店头的展示品中，总会有一些风格独特的商品，绢代每次在旅行地发现它们，都会忍不住出手买下，宁愿接受它们粗笨占地的体积。

因为她知道，在那些开着空调的百货商店里绝对找不到这样的东西。这么多年，虽然也抱回来不少玻璃材质、外形无可挑剔的镀金高级货，但大多还是材质普通、价格便宜的铝制品。不知不觉间，客厅中那条颜色已经发暗的房梁上，挂满了大大小小形状各异的灯具，但它们从来都没有被点亮过。

“暑假期间，好不好？如果，遇到台风天，停电的时候，就能用上了，孩子们，也一定会，很高兴。不必，全部点亮，一盏，两盏，就好。我，只是，提个，建议。”

这里所说的孩子们，并不是他俩的孩子，而是到二楼的书法教室来学习的、家住附近的中小学生。夏初，绢代和阳平刚刚为自己的独子作过法事。今年，是他的十三周年忌辰。

*

这所老宅以前是农家的一部分，绢代二十多岁的时候，父亲过世，家中只剩下她与年迈的母亲相依为命。两个女人住着一所大房子，心里总是觉得有些害怕。于是，父亲过世两年之后，绢代通过当地的房地产中介公司，发了个招租广告，限定只租给单身女性，并附有房间照片。这座农家房子比较老旧，位于山中，距省道有些距离。白天的时候，一小时只有两趟巴士。而准备出租的那个房间，天棚较低，房梁也出现了变形扭曲。优点是够宽敞，足有三十多平米，铺着木地板，并且带有壁柜等储物空间。只不过，厨房、卫生间、浴室等都要与房东共用。总而言之，虽然附带伙食，但条件却有些尴尬。现已接掌那家房地产中介公司的年轻社长，有一次提起当年的这处房源，很认真地对她说，早了三十年啊。听他口气也不像是开玩笑。确实，如今似乎有不少年轻人特意寻找这种泛着黑光、空间较大、铺着厚实地板的老式传统房屋。绢代不太能够理解，但也发现自家房子的风格构造，确实与省道边上那些小而美的咖啡馆极为相似。

那年初秋发出广告，半年多的时间里，一个来询问的人都没出现。或许面积太大也是个问题。绢代准备放弃，决定不再去考虑出租房子，还是与母亲二人平平静静地度日为好。然而，就在二月末，一个寒冷的星期天，阳平突然出现了。事先没有任何联系，漫不经心地出现在房前。

斡旋人——阳平这样称呼房地产公司——说，这里，有一间，大的，木地板房间，空着。

当时阳平的年纪应该已经接近四十五岁了，他的嗓音一如现在一样的沙哑，说话方式古板老成。母女二人有些慌乱，急忙答道："非常抱歉，这个房子不租给男士。"阳平语气和缓，继续说道：

"是的，这个，我已经，听说了。"

他盯着绢代的脸，看得她不好意思起来。原来，阳平很早之前就梦想着开一间书法教室，如今他下定决心要实现梦想，并从公司辞了职。在交通便利的市内租房太贵，而且也没有足够面积的房子供出租。他也曾想过租用公民馆的会议室，但是那里地面铺的是亚麻油地毡，与书法使用的桌椅很难协调。而且，政府也拒绝了他的请求，说不能利用公共设施收钱搞活动。所以他的计划一时受阻。绢代家的房子虽然看起来交通不便，但是因为通巴士，也是山上那所小学校的学生们上下学的必经之路，所以他认为应该比较容易招收到家住附近的孩子。阳平表示，自己可以不住在这里，只是每天从傍晚到夜间使用几个小时。他连房间都没看，就请求母女二人将房子租给他。阳平欠身行礼，表情自然，像是刚泡过澡出来。

母女二人面面相觑，不知所措，她们被这个突如其来的事件弄蒙了。租给男士，而且还要用来做书法教室，这是她们想都没有想过的事情。无论如何，对方特意前来，还是先请他看一下房间吧。于是她们招呼阳平入内，沏茶端上，打开了阳平带来的红豆大福作茶点，三个人简单地聊了起来。说话期间，绢代想，这个人辞掉公司的工作，跟开不开书法教室没有太大的关系，因为他本身就不是一个适合上班的人。他身上有一种氛围，让他看起来像是虽然不抗拒周围，但却独自一人活在另一个时空中的样子。年龄也完全看不出。绢代不知为何，觉得面前这个人很值得信任。她对尚在犹豫的母亲说："有小孩子到这里来，家里一定会变得很热闹，多快乐呀，就租给这位先生吧。"她善意地陈述着自己的意见。而母亲作为母亲，则从另一个不同的角度观察着阳平。她说，比自己语速还要迟缓的男人，自己已经多年未遇了。母亲答应了下来。

有关教室租金，他们请房地产公司报出了

一个适当的价格。几天之后，他们按照规定格式顺利地签了约。之后十天的时间里，五张窄长形折叠式座桌，十几只薄坐垫，纸墨笔，以及垫在纸下用来晾干作品的旧报纸等各种消耗品，拉拉杂杂地陆续运到，房间里开始有了教室的样子。到了新学期，一切都准备就绪。通过广告单张贴以及口头宣传，招收到五名年级各不相同的小学生。一开始，寥寥五人还难以支撑正常的生活开销，但是到了临近暑假的时候，书法班已经拥有十二名学生，家里的氛围一下子变了。绢代在车站附近的某家大型电器店上班，每天骑着自行车一回到家中，就会看到这些孩子们。低年级的娃娃放学最早，也就最先下课。他们多住在新建的独栋房子里，从来没见过古老的农家房屋，单是吱吱呀呀的楼梯就让他们觉得新奇。上完课下楼，他们会故意把脚步踩得沉沉的，好让声音更响些，并以此为乐。楼梯就位于厅堂的一角，出入书法班的孩子们穿过厅堂，仿佛直接从绢代与母亲的日常生活中横穿过去。他们看起来就像是到亲戚家玩耍的小孩子，每次也都会规规矩矩地打招呼：“阿姨，婆婆，再见。”绢代经常会逗他们，故意做出要哭的样子说：“哪里有我这个年纪的阿姨呀！”孩子们越发开心起来，绝不改口叫姐姐。每次与孩子们互动，绢代都会感到莫名的快乐。

绢代是晚生女，母亲此时已经年逾花甲，她忘记了困扰自己很久的膝盖痛，开始在傍晚时分为孩子们准备简单的餐食。小朋友们课堂上久坐，多会觉得肚子饿，精力便会开始分散。

绢代的母亲会特意做一些方便易食的炖煮菜肴和米饭，比自己平日的口味要重一些。她还开始做一些萩饼当点心，连绢代和阳平的份也做了出来。准备多人餐食虽然只是日常生活的一种扩展，母亲却从中发现了自己已然忘却了的快乐。母亲的勃勃兴致自然也影响到了女儿。绢代开始刻意减少应酬，一下班就急着赶回家去跟孩子们在一起。很快，包伙食的书法班受到家长们的欢迎，很多家长在脱不开身的时候开始请求托管，把孩子寄放在班上到很晚。孩子们在课上蘸墨挥毫，得到阳平老师批改的红圈圈之后，再下楼到没有墨渍油污的洁净厅堂来吃饭，吃过饭就在餐桌上写作业。头顶的楼梯上悬挂着几盏油灯，旁边的榻榻米房间里开着电视。在这个时候，因为母亲说不上话，绢代就变得不可或缺，忙起来时甚至搞不清楚自己的本职工作到底是什么。

刚开始的时候，绢代还很客气，不会到教室去观看。但有时她上楼送点心或者叫某个孩子接听家长电话时，就会看到教室里的情景。因为储物柜在楼梯边上，阳平就将自己的桌子摆在储物柜前，以方便取用物品。所以，绢代在见到孩子之前，必定会先看到坐在孩子对面的阳平。他腰杆笔直，让人怀疑在他瘦骨嶙峋的脊背中是不是插了根钢条。而无论是做示范还是批改作品，也无论是研墨还是跟孩子们交谈，坐在坐垫上的他都像个开篇引言、将入正题的落语家一样笔直挺拔，头身与坐垫保持垂直。那姿势甚至在吃饭的时候也没有任何变化。如果偶尔略有歪斜，反而会让人觉得不自然。

在绢代看来，教室墙上贴着的一句格言：饿鬼研墨鬼运笔[①]，即在关键时刻恰到好处地掌控力道——此含义当然也受教于阳平——是适用于所有行为的准则。

但是最吸引绢代的，是弥漫在整个教室中的那种独特的气味。孩子们用的都是成品墨汁，需要花时间研墨的只有阳平老师。夏天倒不明显，而到了门窗紧闭的冬季，当七八个孩子习字成篇，挑出较好的几张铺在报纸上晾干时，干透的墨迹与湿墨汁微妙地混合在一起，一种带着些甘甜，又不知何故会让人联想到死去生物的不祥气味就会渐渐浓烈起来，将绢代的记

① 饿鬼研墨鬼运笔，日本谚语“ は餓鬼に磨らせ、筆は鬼に持たせよ”，用于书道，意指研墨要轻，运笔须强。还有一种说法是“磨墨如病儿，握笔如壮士”。

忆带回过去。在绢代小时候，这里也曾经有小小的生物蠕动过。绢代的名字是祖父母起的，他们曾经在这座老宅里养过蚕。浅浅的盒子平摊在二楼平台上，盒子里就是为他们带来生活资财的重要生物。他们饱含亲切和敬意地称之为“蚕桑”。可惜的是，同住的儿子儿媳都在公司上班，而孙女绢代也几乎不可能将养蚕事业继承下来。在当时，有不少人家把养蚕当作副业，还会给家中的女孩取名绢子、绢江、绢代等等。但是对于绢代本人来说，自己的名字与二楼平台上那些蠕动着的白色虫子联系在一起，并不是一件令人高兴的事情。

“你摸摸看。”绢代曾经听话地伸手摸过幼虫。外皮软软的，却又感觉很结实。踏进这间书法教室的瞬间，绢代忽然想起一双用旧了的白色鹿皮手套，想起它满是孔洞的皮面上的气味，也想起那沙沙的声响。同时，她还想起那奇特的皮肤与美丽的丝线之间令人惊异的差距。幼时有个小伙伴，与绢代的名字只有一字之差，她曾语带挑衅地说过："我是因为皮肤光滑得像丝绢一样，所以才叫绢江。绢代呢，是因为自家养蚕才取了个带绢的名字。"如今，这番话依然盘踞在绢代的脑海里。在那个时代，在离自家有些距离的城里，养蚕对于一般的女孩子来说，已经是一件有些恶心的事情了。但是，在闻到墨香的那一刻，过去的那段令人害怕的记忆却变成一种伴随着怀念的回忆。绢代对阳平说起这种感觉，阳平表情认真地告诉她说：

"墨呢，是用胶质，把燃烧松木，得到的，碳粉，和烧油之后的，碳粉，黏合在一起的东西。胶质呢，是生物骨头，和皮毛的，精华。所以，我认为，绢代小姐的感觉，很真实。活着的，文字，是从死去的，物质中，得到能量，与柴油一样，是深邃，恐怖，严苛的，连锁反应。”

不知为何，就是自那时起，绢代开始对阳平产生兴趣。对于他此前的人生，绢代开始充满好奇，想问各种各样的问题。她想了解这个几乎每天都会见面，每天都一起用餐的神秘男人的过去和未来。这种想法日益膨胀，几乎到了无法抑制的程度。他在哪里出生，在哪里长大，度过的是什么样的少年时代、青年时代。绢代软磨硬泡，请阳平带来自己的旧相册，在书法班下课之后，绢代就在客厅中翻看相册，不知疲倦地问这问那，似乎为自己此前对阳平所知不多而大为不甘。于是，阳平就待到很晚，他不时地看看绢代的侧脸，同时又耐心地逐一解答绢代的提问。由于态度过于认真，有时反而偏离了问题的核心，让提问者都开始感到局促不安。这时，绢代也会盯着阳平的脸看。

书法教室开设的第二年，母亲突然心脏病发作，离开了人世。她曾那么快乐地与孩子们相处，走得这样仓促，不免令人怆然。服丧期过后的那个新年，书法教室举办新年初写大会，全体学员都参加。大家要端端正正地书写出自己最喜欢的一个词语，要求在四个字以内。在展示给大家的同时，再发表一下自己的新年愿望。绢代也混在学员里凑热闹，写了平平常常的一句“初日之出”。阳平最后一个展示。只见他笔直地站起身来，环顾了一下四周，像当时大受欢迎的电视节目当中表现的那样，颇具戏剧性地打开一张纸。纸上写着“向绢之道”。他一字一句地说：

“丝，绢，之，路。这，就是，我今年的，愿望。”

他惯常的口吻博得大家一片欢笑。对于老师展示的这几个字，孩子们只觉得漂亮，而完全没猜到里面的含义。但是绢代马上明白了阳平心中的本意。她觉得自己的脸颊有些发烫。这个和某著名女演员相同、自己却一直也无法喜欢起来的名字，在一瞬间，就被阳平变成了一块温暖、细腻而有质感的，仿佛为了让人触摸而诞生的布料。在那一刻，绢代心意已定。

就在那年秋天，绢代成了阳平的妻子。她辞去工作，回到家中帮忙照料书法教室。由母亲打下基础的简餐供应又重新启动，并开始另行收费。为了让饭菜烧得更像样一些，在征得阳平的同意后，绢代到位于雪沼坡上的那家风格独特的西餐教室去学习烹饪，为此还特意开始学车并拿到驾照。绢代的努力得到了回报，书法教室不仅招收孩子，连家长也开始踊跃报名。三年之后，绢代在二十八岁时生下了儿子阿由，此时，阳平已经五十岁了。初次得子让二人欣喜不已，对儿子倍加宠爱。在抱着娃娃的时候，阳平也总是脊背笔挺，与地面保持垂直，绢代每每见了都乐不可支。

*

阿由酷爱自行车。上小学之后，他就可以拆掉辅助轮子独自骑乘。每天习字课之前，阿由都会约上朋友出去骑车，有时会骑到很远，远到令人吃惊。他的自行车从十二英寸到十六英寸，很快，就升到了二十英寸。身体一天天长大起来的阿由，衣服需要不停地更新，自行车也同样需要跟着换新。前一阵子办十三周年忌，在烧香祭拜之后的酒会上，富田自行车行的老板特意过来问候。作法事，实际上就是提供一个对相同往事进行反复回忆和诉说的场所。其实，富田老板每次都会对阳平说些大致相同的话，但他自己似乎每次都会忘记。

“阿由啊，算是我们家的大客户，他让我做的我基本上都会为他做。”

绢代在一旁很认真地倾听。

“我们经营的这种商品，也有流不流行一说。有一次，阿由让我帮他将手柄拆掉，在两个把手的管子上缠彩色布带。也许是受朋友鼓动，想模仿竞技自行车的外形。我告诉他，如果遇上下雨，布带子淋湿了是会掉色的。可是他态度很坚决，说：‘朋友们的车子把手都缠上了红色或藏蓝色的布带，我要是不缠上个黑色的，就太说不过去了。’当时他说话的语气啊，完全就像个大人，跟您简直一模一样呢，老师……”

绢代也想起一件事。大概是小学二年级的时候，有一天，阿由回家很骄傲地告诉她，自己跟富田老板学习了爆胎的修理方法。绢代听说是老板免费教授，吃了一惊。阿由马上解释说，他已经答应富田老板，要用下个月和再下个月的零花钱，买一个专用水壶安装在车体上。

“所以，对富田老板来说，这也是有回报的

嘛！”阿由说道。

“回报？从哪里听来的这种词，跟谁学的？听听你说话的态度！不要总是缠着人家，给人家添麻烦，知不知道？”绢代批评道。但是阿由马上认真地说：“富田老板人特别好，自行车的事情什么都懂。但是，如果我们不去买点什么，那里就没什么客人了。”见他一脸严肃，绢代绷不住，扑哧一声又乐了。

如今，大型超市里自行车成排地摆着，还配备有专门负责调试的工作人员。这种小专卖店该如何生存下去呢？当然，这种现实问题似乎不仅限于自行车零售业。在那以后，每次见到富田老板，绢代都会想起当时的情景，想起阿由因为逗笑了母亲而一脸得意的表情。俨然一只得到了主人称赞的小狗，表现出发自心底的快乐。

阳平知道妻子寂寞，曾经提议养一条小狗，但是绢代拒绝了。她说："到这里来上课的小朋友，都是我的孩子。"绢代在少女时期曾经养过一条柴犬，名叫康太。某年夏天，她特别想知道"狗刨"一词的真伪，就带着康太去了尾名川。绢代试着将康太轻轻地放在浅滩的水中，河水沁沁凉。她的双手刚要放开时，不知什么动作搅起了河底的细沙，还没等绢代反应过来，受到细沙干扰的康太就很自然地划动起短短的四肢，浮在了水面上，连脸都没有沾湿。绢代惊讶不已，为什么它会游泳呢？是谁教它的呢？一眨眼的工夫，康太就游回了岸边，起身便向她飞奔过来，神态表情完全像是一个人类。绢代忍俊不禁，赶紧拿出准备好的毛巾上前，想给狗狗擦干身体，但是康太灵巧地躲开了。它欢快地抖了抖毛，打了一个喷嚏之后，又若无其事地开始在河滩上玩耍起来。如今，在绢代的脑海里，阿由的脸与康太的重合在一起，哪个记忆更久远也已经变得不甚清晰。那天，绢代带着狗回到家中，却遭到了母亲的严厉批评。母亲说，狗狗出于本能是会自己游到岸边，但万一遇上急流游不过来怎么办？你要是追过去救它，如果自己也遇到意外无法回来该怎么办？所以，以后再做类似的事情，一定要带个朋友一起。切记！凡事都要以防万一。

“以防万一啊。”绢代轻声重复道。以防万一到底是什么意思呢？从那时起，直到成年以后，她一直牢记在心。看起来似乎没问题，但世事总是无常。所以，为避免出现哪怕一点点的失误，需要凡事留意。“以防万一。”绢代又一次轻轻地重复道。自己就这样以防万一地活到现在，时时被人提醒留意，处处记得小心谨慎。如果有什么需要注意却没被提醒到的事情，哪怕花钱也要知道。如果有什么方法可以让自己不必格外小心也能平安度日，找遍世界都想得到。可是，只有那天，她却莫名其妙地放弃了这种看似无谓的执着。那才真的是需要以防万一的时候啊，哪怕提醒一句也好啊，应该告诉他不可以外出的呀。

那天，从半夜起就开始下大雨，道路全都变成了河流。浊流呜咽着奔向地势较低的地域。视野中只能勉强看清停在路边的汽车和电线杆，至于地面的情况就完全看不到了。因为大雨洪水警报，学校通知停课。早饭过后，阿由看着外面的道路竟然变成了河，特别兴奋。他对绢代说，真正的河道那边场面一定更不得了。谁能想到，随后他就悄悄地穿上长靴，披上雨衣，跑到几百米外的尾名川看热闹去了。那天，他还推着一辆自行车。上桥的道路是上坡，只需推到半路，接下来的路程就可以骑乘了。也许，阿由看过河道状况后便急着想赶回家。但是脚上的长靴浸在水中，十分沉重，所以行进困难。下水道已经被灌满，涌出来的水掀翻了下水道井盖。但是因为水流浑浊，什么都看不清楚，当然也看不到陷阱。就这样，阿由被下水孔吞没，顺着暗黑的隧道，一直被冲到了尾名川。绢代少女时代曾经带着康太去游泳的那条尾名川。

人们一直在搜寻。直到雨停数日之后，大

家才在五公里外的下游岩石区找到阿由的遗体。因为先发现了自行车，所以他们已经有了一定程度的心理准备，但是一直茫然呆滞的绢代还是立刻陷入了疯狂：“让妈妈也死掉吧！把妈妈也带去，让妈妈过去陪你！”她哭得撕心裂肺，已近癫狂。阳平将她按住，一直等她镇静下来。在那个时刻，阳平从一个钢筋一般笔直的书法老师变成了一位坚强的男性。绢代转而向他发泄：“都是因为你没注意！你明明也在家里，你为什么不留意呢！”阳平默默地承受着妻子的狂怒，一言不发。绢代平静下来之后，每次看到书法班的孩子们都会内心绞痛，为什么这些孩子都平平安安的，只有那个孩子出事了呢？做了这些荒唐的比较之后，心中更觉空虚。又过了很久，她才慢慢恢复正常意识，明白阳平也经历了同样的痛苦，她为自己的行为感到后悔。她知道，对于年近六十的阳平来说，丧子更是致命般的打击。

表面上，阳平没有任何变化。没有变得更老，当然也没有变年轻。写书法需要屏住呼吸下笔，一气呵成，所以肺活量和专注力不可或缺。他集中精力和书法班的孩子们一起锻炼，同时也会陪绢代参加一些活动，想方设法让她放松下来。他还鼓励绢代与好朋友去做短途旅行。油灯激增，就是从那时开始的。但是绢代却一直不肯点亮它们。无论阳平如何劝说，她都不肯答应。

可是这次，当阳平用惯常的口吻对她说“到底，又买回来了”，而自己也像以往一样回答他的时候，不知为何，绢代的脑海里响起了富田老板的声音。她想起富田先生在葬礼上曾经说过的话。

“有件事我想跟二位唠叨唠叨，请不要生气。”富田看着绢代和阳平的眼睛说道，“阿由买了最后那辆自行车之后不久，曾经要我帮他把前轮的发电机拆掉，换上类似于矿灯那种可以拆卸的电池式灯头，但是我拒绝了那孩子。因为我觉得灯头很重，也容易损坏。再加上卤素灯还没普及，只能把它安装在把手的轴柱上，需要手动开关电源，而且光线也不是很强。但是现在我想，如果有了它，那天晚上，阿由在坡路上骑行的话，车轮就不会有阻力，踏板蹬起来会轻松很多。而且，只要电池还有电，就会有一定程度的光源照亮暗处。当时我劝他还是留着发电机比较好。可是如今我再一想，如果那时给他安上了灯头，在暴风雨里推着车，最起码还能有个亮光，那样，或许别人就会注意到他，或许就会告诉他说太危险了快回家……”

绢代一边听他说，一边抬头看着房梁上挂着的油灯，喃喃道：

“给阿由带去一盏，现在就给他带去，就现在……”说着，她的眼泪便不可抑制地奔涌而出。

“对不起，对不起，到底还是说了不该说的话。”富田老板哽咽着道歉。

“是吗，原来，还有这回事，是嘛，这样啊。”阳平在一边只是轻声嗫嚅，没再多说什么，也没有流泪。在绢代的记忆当中，只看到过一次阳平的眼泪，就是在雨中找了一整天都没有找到阿由，精疲力尽地回家的时候。后来，无论是在葬礼，还是之后的五次法事，在情绪快控制不住的时候，阳平都会略微抬起下颚调整自己。他从来没有过任何激烈的表现，脊背就像初次见面那天一样，笔直而寂寞地挺立着。

“孩子们，也一定会，很高兴。不必，全部点亮，一盏，两盏，就好。我，只是，提个，建议。”阳平话音刚落，绢代突然出人意料地回应道：“那就点起来吧。”语调清晰。

“把灯点起来吧，就现在。”

“喂，喂，不用那么急。”

“我们可以点在院子里吧？”

“真的，要点亮吗？那，明天，好不好？等孩子们，来了之后，不也可以吗？”

“我就想马上点。拜托了，帮我一下。”

绢代来不及换上家居的衣服，她从储藏室里搬出了梯子和常备的红色灯油桶，将油灯一个个摘下来，催促着阳平装上灯油。接着他们又将油灯全都搬到院子里。一共有四十多盏灯。

“咱们把这些灯全部点亮，到权现山那边观看吧！”

“跟平常，说的话，完全相反啊，如果起火，怎么办？”

“院子里没有易燃品啊！不会过火的。如果看着不对劲，咱们赶紧跑下来不就好了？某人不还号称自己过去曾经是田径运动员吗？”

沉默了一阵之后，阳平应道：“好的。”他并没有看绢代。

“可是，如果要爬，权现山的话，现在，夏天，要多披件，衣服，不然，到山上，会冷的。”他轻声说道。

“没关系。爬到那里活动量够了，身体自

然也就暖和起来了。”

“这样……那，好吧……可是，我，还是觉得，有些冷。”

绢代感到有些吃惊，认真地朝阳平看过去。不知从何时开始，阳平的头发开始变得稀薄起来。最近十年间连感冒都不曾患过的人，此刻却像一支秃了头的毛笔，在风中摇晃着。“怎么了？你没事吧？”绢代一边关切地问着，一边将手掌抚在丈夫干涩狭窄的额头上。难道，尚未点着的灯火也会烤人？阳平的额头像刷了一道薄墨似的，现出一层细密的汗珠来。

砌　砖

“如果稍微抬起来一些，离开墙壁一点，低音就会比较集中，不会含混不清，声音听起来会非常透彻。”

“哦，低音啊……”隔壁经营鞋店的安西先生，像平常一样两手叉腰，不停地发出感叹。

“实际上，有一种专门为发烧友设计的东西就很好，类似铸铁材质，非常有质感。但是在过去，对低音音质比较在意的同行，会在音箱下面铺垫带孔的水泥块，再喷上鲜艳的颜色。现在也应该有。不过，我不喜欢太张扬的东西，也担心底面会划伤，所以没试过。而且，真要那样弄，跟我这里的氛围也不相称。”

“没坏吧？”

“嗯，坏是没坏。”

“这套音响从长山时代就有了，算是很有年代的老物件了，用到现在，还能出声就已经相当不错了。”

“话是这么说。”

莲根想调整一下低音的强度。因为他的母亲住在里面的房间，他想将声音控制在一定范围之内，尽量不去吵扰母亲的神经。但是如果调低整体音量，低音就很难出来。现在有不少音响设备里面自带可以调节的回路，而莲根音乐堂所使用的柜式立体声音响已经年代久远，内置的扩音器里面没有这项功能。挪动大型音箱的位置是比较困难的作业，除了将它稍微抬离地面，他没有想到其他更好的方法。再加上这套设备并不是根据自己的喜好专门定制的。二十多年前，莲根辞去东京的唱片行的工作，盘下这间店的时候，这套音响就已经在此处服役很多年了。

这种家具风格、形似木质餐柜的三联组合式立体声音响，过去在家庭中很常见，但后来就渐渐变得稀有。它的音箱前风栅做成菱形格子状，功放高度和幅宽配合其尺寸，使整套主机看起来相当笨重。不过，它的构造却非常奢华。带有装备着全自动唱臂的转盘，一按开关，指针就会轻轻地移向唱片边缘，静静地落下，在演奏结束时还可以自动归位。它有双频接收器，还带唱片架，保养得当，实木表面几乎没有划痕。在莲根听惯了最新装置的耳朵里，响起的是从未听过的新鲜音色，柔和而又温暖，将不到二十平米的小店实实在在地围裹起来，让店内的空气都变得格外圆润。当时，这种印象非常强烈，所以只试听了几张唱片，莲根就决定将这套音响留下并利用起来。虽然该型号已经停产，但是当初进货的电器店就在这条商业街上，当莲根听说商店仓库中还有一台同样型号的旧货，便请店主吉田先生将其出让给自己，用塑料包裹好保管在壁柜中，以备零件需要替换时取用。

但是，这套音响做工牢靠，经久耐用。除了更换唱针和真空管，几乎没出现过任何问题，而真空管又是可以采购得到的零件，所以，那台备用的旧货几乎没动过。吉田先生如今也已经年过古稀，在这条不过五十米长的商店街中，老爷子年纪最长。他守着商店街里唯一的一家电器行，如今虽然钻进狭窄的屋顶里走线这种工作已经很难完成，但是他也夸下海口声称，安装空调对他来说易如反掌。此地也许因为地势高，夏季湿度较低，不用空调也能够过得去，所以对冷气的需求并不很旺盛。就算有，也是站前那家大型超市里的电器连锁店的业务。也就是说，如今，这种老旧的电器行几乎没什么生意。

莲根出生于几公里外的邻市，距雪沼的山地较近。起初，他对权现山周边这片区域并不太熟悉。当年，市立图书馆以及市民会馆还在尾名川南岸的旧建筑里，最大的超市也尚未搬迁到北岸。这里停车场完备，虽然距离车站有些距离，但是人流不断，商店街也很有活力。当时，独居的母亲住在市营住宅中，身体状况开始变糟，莲根只能利用休假的时间回到老家照顾母亲。这样的生活持续了一年左右，有一次，莲根从木槌旅馆的老板那里听说，有家唱片行急于出兑。莲根与木槌因滑雪相识，两人在一次闲谈中偶然聊到此事。木槌说，那家唱片行位于权现山“另一边”的商店街上，说起那家店，自己有过很多回忆，如果有谁能够原原本本地接手并经营下去就好了。莲根听的时候有一搭没一搭的，完全没想到自己头上。可是木槌说着说着突然认真起来，对莲根说，你也是做这行的，而且老家就在附近，有没有兴趣盘下来自己经营？如果有的话，回东京之前不妨去看看。莲根虽然从没想过全盘接手唱片行这种方案，但拥有一家自己的店却是他一直的梦想。当时，他刚滑完雪出来，回程电车的时间眼看就要到了。他请木槌带他去店里看看。一切都发生得很突然。

长山唱片行开在权现南商店街上，位置稍微靠里一点，刚好位于遮雨拱廊与公道的交叉点。一见之下，莲根便沉吟不已。拱廊倒比较新，是十年前由吉田电器行的吉田老板带头，大家共同出资搭建而成。而整条商店街中，只有这里是一栋上下两层的长屋建筑，由三间相连的房屋构成。唱片行的两旁分别是鞋店和茶叶店，三家店的正面构造和背后的住宅形式完全一样。一家唱片行与木屐和烘焙茶叶排列在一起，居然毫无违和感，这大大超出了莲根的认知。回想当年，莲根开始省吃俭用攒钱买唱片，是到东京之后的事情。而那些让他受益良多的大型唱片行，都是由透明的落地玻璃窗、明亮的荧光灯与结实的钢制货架构成的店铺。长山老板的这家店，与都会中的时髦唱片行仿佛有着天壤之别。眼前这三家店，出入口都是左右对称的推拉门，除了秋冬寒冷季节之外，门总是开着的。两扇门之间的木框装饰窗里是形式相同的展示架。长山老板的架上立着新进货的乐谱，安西老板那里摆的是桐木木屐和女士草履，而隔壁的西岛茶园的架上则安放着带茶具的礼品套盒，垫在下面的脱脂棉已经泛黄……此情此景，实在难以让人发出赞美之词。不过，那台老音响发出的生动音色，却与他在大型唱片行中长年听惯了的音响装置截然不同。他抚摸着这台仿佛活在另一个次元的柜式落地音响，惊奇感倍增。凭他的直觉，这绝不是简单的怀旧品位。它的声音恰到好处，与店面的气氛巧妙地融合在一起。明明没有音响专卖店中才能做的准确调音，却能发出只有在这里才能发出的、属于长山的独特音律。

老式的长屋建筑天花板较低，也是莲根比较中意的一点。如果在这里，不用梯子，只需拿把餐椅，就能够轻松更换天棚上的电灯泡。而安装在墙上的磁带货架和装有唱针的玻璃柜，清扫起来也不用太费劲。长山老板看上去已经年过七十，站起来迎接他们两个人的时候，莲根发现，他的身高与自己不相上下。莲根的心中顿时涌起一股亲切感。经营这家唱片行的老板是跟我一样的小个子。他感到不可思议，觉得自己一直寻找的东西，突然就出现在了眼前，他被这种感觉深深打动。长山先生在多年的鳏夫生活中，体力精力都渐渐衰弱。在福冈工作并定居的儿子儿媳刚刚建好一座新房子，为了父亲的健康，他们力劝老人离开冬季寒冷的权现，到气候温暖的九州与他们同住。长山先生犹豫再三，终于下定决心听从儿子的建议。“这是好事啊！如今这么孝顺的孩子也不多见了。所以，能培养出这么优秀的孩子，这样的店老板要是就此关门停业，那就太可惜了。”木槌敏锐地抓住莲根的神色变化，不失时机地说道。长山笑着说，除了过世的妻子最喜欢的和服以及自己钟爱的几张唱片之外，所有的东西都原样保留在这里，如果不要求奢华，一接手马上就能过日子。

*

“对了，说到水泥孔砖，文三郎那里应该有卖。你要用几块？一边四个的话，需要八块？就这么几块砖他不会要钱的。我去同他说。”

“别，还没定该怎么办呢。”莲根有些犹豫。一套柜式音响，功放和音箱的高度要保持一致，看起来才比较协调。如果真的要打破高度上的统一，那就必须得连底座的颜色和形状都要一并考虑进去。长山老板是一个对外观很敏感的人。店内的装修看上去都是围绕着这套音响设备来设计的。所以莲根也想对细节再慎重一些。

“可以试试看嘛。如果不行再还回去就好了！”

“要是那样的话，请跟文三郎先生说，我正

常购买，一定要付款的。”

文三郎是安西先生的发小，经营着一家园艺用品商店。两人打小学时起就是死党。园艺店位于尾名川沿岸的省道边上，河流恰巧在那里转了个弯流向雪沼方向。几年前那里发生过泥石流，路边的防护栏都曾被冲垮。文三郎一个月会有两三次到附近来做事，搬送完园艺树木或者做完养护之后，就会拐到安西这里来看看。他总是大着嗓门说话，两个人一见面就会说起几十年前淘气小子之间的各种恶作剧，互揭对方的短，极尽嘲谑之能事。莲根比他们年纪小一轮，而且还是外来人口，但是在他看来，这二人的关系很让人羡慕。虽然每次都说着同样的笑话，听起来却非常有趣。

“恭一这家伙啊，比我笨三倍还多，所以在

智力方面就得靠我罩着。这家伙体育不行，学习也不灵。哎，溜须拍马倒是很有一套！老师被他哄得高兴，就给他加分，给他的成绩穿上木屐，垫高几分，你说过不过分？家里是开木屐店的，应该给别人穿上木屐才行啊，给自己穿上，可一分钱也赚不到哦！”

每次文三郎这么一说，被称作恭一的安西先生就会转过身来，冲着莲根揭发对方。

“当年啊，这家伙的老爹总是会在上课的时候来学校剪枝。用一把大剪刀，像只螃蟹钳子一样嚓嚓嚓、嚓嚓嚓。大家都知道那是文三郎的爹，所以就故意逗他：‘喂，快去帮忙剪枝啦！’每到这时，这家伙就胸脯一挺，理直气壮地说：‘我不做剪枝，我要做盆栽！’一听这话，大家就都捧着肚子笑得不行，不剪就不剪嘛，干吗还那么自谦，说自己是笨才呢！”

文三郎的父亲又高又瘦，腰上挂着园艺剪趴在树上的时候，看起来就像一只尺蠖。身材酷似父亲的文三郎也经常会因此遭到大家的奚落。文三郎虽然知识丰富，但是因为有恐高症，所以不适合做剪枝工作，他喜欢盆栽。少年时曾经被当作怪人来看，但是他因为喜欢而悉心钻研，继承下来的家业也把重点放在了盆栽的经营上，莳养高大树木的活儿就交给年轻人去做。

“像阿莲这样身高不足五尺的小不点大概都会爬树，文三郎却只会抱着树干，连十厘米都爬不了哦。”

安西先生第一次介绍文三郎给莲根认识的时候，两个人做邻居还不到半个月的时间。安西一口一个阿莲，动辄就叫他小不点，态度亲切熟稔，倒是让莲根感觉惊奇。确实，自己的姓氏里面有莲字，而跟身高超过一米八的大个子文三郎站在一起，不到一米五的莲根的确只能被称作小不点。安西说话的口吻特别自然，完全就像是对待自己的老同学一样。那天，作为商店街的一员，莲根在店主集会上被正式接纳之后，安西对他说："来！送你一双我店里的木屐作为贺礼。"他自顾自地推荐道，"桐木木屐很吉利哦！喻示着时机良好，在人生转变的时候，它会给你带来好运。来，让我看看你的脚，麻烦你把鞋子脱下来。"看过莲根的脚，安西马上开心地笑了起来，粗声大气地说道："哎，这脚也就七寸大吧，跟长老板一样诶！穿童鞋就好了。"莲根平常对这种话很敏感，总是会过度反应继而陷入自卑情绪，但是那天，他却不自觉地也跟着笑了起来。后来，跟这位雪人一般圆头圆脑的安西交往下来，莲根没少得到他的安慰，当然也没少被他痛骂和鼓励。只是安西有个毛病，做什么事都风风火火的。还没等对方答复就开始急着把事情向前推进。这不，莲根还没反应过来，就发现他已经在打电话了。

“是啊，阿莲说只需要八块，说是要垫在音箱的下面。什么？砖头？我也不懂啊，你等等。”

安西转过身来，把黑色的话筒直接递给了一头雾水的莲根。听筒中传来文三郎的沙哑嗓音，说话的音调比安西的要高。

“喂，听恭一说了，水泥孔砖真的可以吗？我这里也有红砖块哦！前阵子有顾客过来买了很多，说要做音箱的台子。”

莲根心中一动，原来还有这个方法。如果用红砖，在外观上也会与木纹音响比较协调，可以省去再做喷涂的工序。他莫名其妙地想起小时候喜欢的《三只小猪》的故事。故事里不也说了吗，砖砌的房子最结实。至于音色，等都做完了再调也不迟。

“那好，傍晚我会过去买砖块。”

“不用，我现在正好要到你那边去，我带过去就好咯。我多带几块。”

按照约定，文三郎当天就用卡车运来了三十块红砖。因为他说前些天的那位顾客也买了这么多。文三郎说什么也不肯收钱，莲根没办法，就多送了他几盘演歌歌手的音乐磁带，因为文三郎送货车上的音响只有磁带装置。

莲根在东京上学时，曾在唱片行打过工。那家唱片行是那种没有专门品类区分，囊括所有音乐风格的店铺，在站前大厦的一楼也设有一家分店，顾客层比较广泛。对于销售者来说，需要具备广博的知识和不带个人喜好的公正的听力。当然，店员们都各有擅长的领域，但是店里规定，不能将个人的品位表露出来并带到销售中去。无论对什么样的顾客，都要一视同仁地去接待，尽量为能多卖出一张唱片而努力。那家唱片行在都内拥有两家分店，这条社训从创业初时起就没有改变过。于是，除了那些带有明确目标来店的顾客之外，对那些无意中进店闲逛的顾客，有没有能力使其注意到当时店内正在播放的曲子，并将收录该曲的唱片成功售出，对于业绩有着很大的影响。正式员工之间自然会出现这种无声的竞争，静悄悄地剑拔弩张，但是作为打工者则会轻松很多。因为都是周日上班，时间段也都是固定的，所以即便遇到雨雪天气客人比较少，顾客层也不会相差太多，常来的顾客不用交谈也大致都能记住。

在三家店铺共十名左右的学生打工者中，莲根的销售业绩尽管在平日也都是突出的。他能根据顾客侧面的轮廓、后背的线条以及在货架上搜寻时的姿势大致记住对方，并将各种印象综合起来。无论刚进货的新曲还是库存的老歌，莲根都会根据当天的天气、体能、心情等状况的不同进行选择，恰到好处而又不留痕迹地播放出来。爵士、古典、演歌、歌谣、现代民谣、香颂，不拘类型地播放。当然有时也会猜不准，但是当完全猜中的时候，看到顾客的反应，他就特别有成就感。读标签以及唱片封套时目光的移动，捕捉音乐时耳朵的一点点动作。也就是说，当耳朵对音乐有了反应，指尖会生出节奏感，脸颊的肌肉就会随之放松下来。啊，命中！当他感觉到这一点，就会见到顾客抬起头，开始向柜台的方向扫视。因为正在播放中的唱片，封套会摆在柜台那里。有些自尊心较强的顾客，会偷偷看清封套，再到货架上抽出来，假装原本就打算买的样子。而一般来说，中年以上的顾客，会在买了自己想要的唱片之后顺便问一句：“刚才播的曲子是哪个，再放一遍好吗？”这时，莲根当然不会嫌麻烦，他脸上微现笑意，表示非常高兴对方能够喜欢，并再次播放，接下来顾客如果表示要购买，他就会马上行动，拿来一张尚未开封的全新唱片。

说不定，我很喜欢用这种方式来观察人类，拥有在这个领域里生存下去的天然矿藏。年轻时候的莲根曾经这样想过，目光里都是渴望。

莲根还有一个贡献。当年，他经常会去朋友工作的爵士乐咖啡馆，在那里，他获得了一个新的灵感。咖啡馆的音响设备原本放在收银台内侧的架子上，后来挪到了面对通道的大玻璃窗一侧，摆在高度相当的装饰柜旁边，暴露在客人的目光之下。这样一来，使用该设备播放店内的背景音乐时，店员放唱片的动作，不管从外面还是从里面都能看得很清楚。莲根参考了熟悉音响设备的朋友的意见，选择了一套款式适合、音色搭配恰当，而价格又不是很高的设备，向店长申请购买。得益于自己平日里工作态度积极，申请很快就获得通过。音箱是壁挂式的，没能实现朋友特意叮嘱的设置细节，但是以真空管扬声器的浅淡光泽为中心的柜台，不仅受到中老年客人的欢迎，也吸引了大批年轻女性的目光。店内气氛的改变，使得平日里几乎从未表扬过打工学生的资深店员也心怀感激。该设备并非播放什么音乐都灵，有时因乐曲的不同，时而显得朦胧，时而有些浑浊。但是这些缺点都被机器本身的魅力抹去了。收银台周围的对话明显增加，入口旁边摆着的唱片清洁剂等小物件的销售也非常不错。因为成效显著，支店便也采用了同样的方式。最后，连杂志都注意到这家能听到真正好音色的唱片行，专门写文章介绍。而莲根作为提议者，照片也登在了杂志上，让他有了点类似于明星的感觉。他也从未想到，大学毕业之后，自己会第一个被内定为公司的正式员工。对于学业方面并无所成，本以为很难找到工作的莲根来说，真的是登上了一条及时的渡船。

但是对就业难度的预想，不只是因为履历不够华丽。虽然从没对旁人说过，但是莲根从少年时代开始，就一直对自己的身高耿耿于怀。在他记事之前就去世的父亲，据说身高一米七上下，但是自己到了小学高年级就完全没有了再长高的迹象。莲根内心焦虑，央求母亲带他去看医生。母亲带他去了省道旁的那家医院，通过那里的内科医生的介绍，又去了大学医院找到专科医生诊断。被朋友们嘲笑为小不点，是他最不能忍受的事情。但是医生经过诊断，认为他没有什么特殊的疾病。医生对莲根的母亲说，每个孩子成长的节奏都不一样，个体之间千差万别，不要对平均值这种数字太过在意，最好让他的心情放松下来。医生又看了看坐在一边的莲根，对他说："你还是小学六年级的学生，还没变声呢，所以不要太担心。大多数孩子都是上了初中、高中之后才突然长高起来。"虽然得到了医生的鼓励，但是从结果看来，医生的话也仅仅是一种安慰。大概自己像身材矮小的母亲更多一些吧。最后一次测身高是大学毕业时。因为有身高项目而一直被他拒绝接受的体检，为了就业必不可少。记得那是三十年前的事情了，他万般不情愿地出门去体检。身高146.8厘米，体重38公斤。如果以今日孩子的成长标准来看，属于小学五年级比较瘦弱的身体。这个尺码的成品西装很难买到，基本上需要定制。学生时代他为唱片行设计的柜台布局，是将音响设备摆在低柜上，这种设计实际上也不完全是为了销售额，还有一个小心思，是想让自己的身材看上去比较高大一点，虽然知道没什么用。

过去，怀着同样的目的参与的活动还有滑雪。为提高滑雪水平，莲根曾在雪沼那座安静的市营滑雪场认真地练习过。在莲根读书的野火谷小学和初中，冬季的体育项目中必有滑雪。一般来说，学校每年都会组织几天滑雪营活动。学生们跟着老师兼同乡的教练，从滑雪基础开始扎实地学习过。因为正式接触的时间有限，所以会因为课外经验的多少分出水平的高低。而又不是所有孩子都喜欢这项体育运动，于是随着学年的增加，水平的上升，学校就会根据个人的实力实行分组。平时被嘲笑为豆粒小子的莲根，悄悄燃起斗志，誓要抹去身体上的缺陷带给他的屈辱。他每周都会吭哧吭哧地坐上市营巴士，到雪沼去练习滑雪。连那些背地里说风凉话，说他因为风阻较小所以滑得比较快的人，也不得不暗自佩服他膝盖运用的灵活程度，以及不畏摔跤的勇气。在滑雪场上，冲开崭新的雪面，在高阶者专用的坡道上锐勇滑行的少年莲根的身姿，比平常看起来要高大两三倍。

然而不幸的是，上了高中以后，学校里开设有正规的滑雪兴趣班。在那里，有好几个身材高大、关节灵活，拥有更加适合滑雪运动体型的高水平同学。莲根的自尊心陡然受挫。利用滑雪运动使自己形象高大起来的魔法仿佛失去了效力。尽管水平相当，但是具备一定身高的人在看客的眼里才会显得更为帅气，也更有吸引力，莲根认识到这种残酷却真实的现状，终于决心真正面对自己的身体。进入大学以后，他为了生活开始打工，却意想不到地受到好评，后来由店长亲自作保，在同龄人当中最早被内定入职，当时的心情简直就像登了天一般。

尽管如此，在个人问题方面，他一直知道自己没有优势，所以也没有什么底气。虽然性格并非阴暗，但感情方面却总是不顺利，与女性朋友之间很难长久交往下去。是工作救了他，让他能够很自然地在事业上倾尽全力。成为正式员工之后，抓住顾客心理的能力并没有消失，再加上他自身的努力，不停学习，在标准大型唱片行所需要的业务知识储备上，他具有不输任何人的自信。公司的高层也对他非常器重，而且，在这里工作，他异于常人的矮小身材很容易给顾客留下印象，反而变成了一个长处。因此，他不惜加倍努力，到了三十五岁开始负责分店经营之后，更是鞠躬尽瘁，创造出让人无可挑剔的傲人业绩。

在一种更为小巧的新型唱片即将问世之时，命运的齿轮开始出现紊乱。莲根的母亲先是肝脏出了问题，恢复之后又被类风湿病所困扰，连日常煮饭都无法完成。莲根是独生子，又单身未娶，所有的事情都落在他一个人头上。只要能请上一天假，他都会急急忙忙跑回老家照顾母亲。如此下来，身体的疲劳一直累积，难以消除。而关于新型唱片，他作为销售方出席了新产品说明发布会，以加深对产品的了解。在试听时，他甚至还抱有一种期待，觉得完全可以将它与真空管扬声器组合在一起。自他打工时代起，后者就被当作唱片行的招牌来使用。这种新型唱片不需要过分在意表面的静电灰尘，不必花费精力去擦拭清洁，搜曲以及循环播放操作起来也更加自由。完全就是梦想中的世界。然而，眼看还有不到一年的时间梦想就要成为现实，他却发现，顾客的喜好开始变得无法预测起来。虽然他一直坚守在店内，在工作干劲上完全不亚于年轻人，但是对顾客的判断却变得越来越不准确，再也无法像从前那样游刃有余。跟随新的音乐流行趋势也愈发显得吃力，公司的社训要求员工对所有种类的音乐都要平等地热爱，但他已经不能完全遵守。莲根意志消沉，郁郁寡欢地度日，并且开始无缘无故地请假休息。从木槌那里听说长山唱片行的事情，刚好就在那个时期。

莲根回到东京上班，那个地板咯吱作响的唱片行却一直无法从脑中清除。经过调音的店内音乐，像电子音一般响彻四周，华美而清澈。他想，在距离老家不远的地方生活，可以就近照顾母亲的日子也许就要来了。之前他曾多次劝说母亲来东京住，都遭到拒绝。老人说自己就打算死在家乡。事情就这样僵持着，一直没有进展。看来，也许只有一条路可选，那就是回归故里。权现距离野火谷也不远，跟两居室市营住宅比起来，长屋建筑那里似乎条件还要好一些。母亲活动不便，可以住一楼，自己住二楼。他已经不打算结婚成家了，所以母子同住还是比较方便。

决定下得很快。他找到上司说明情况，请求离职。上司诚意挽留，请他坚持熬过生意淡季，并保证可以将他送到总店去工作，甚至承诺加薪。他很感动，但却已下定决心到那个遥远却近乡的未知城镇去生活。其后，那款新型小巧的唱片上市，又过了几年，模拟音响完全被淘汰。原长山唱片行，即现莲根音乐堂的商品构成，也从以新型产品为主渐渐转向只经营新型唱片。但是商品不是放在冰冷的专用钢制货架上，而是堆放在唱片时代起就有的格架和箱子里，保留了古旧的木头香气。没有处理掉的剩余老式唱片，就在唱机上一张张放来听；小型唱片则通过音频输入端口播放。该端口是请吉田老板安装在原有设备上的一个辅助装置。店主的个头小得惊人，又用着一个古董一般的播放设备，很多人因为好奇而前来，渐渐成为店里的常客。店铺经营相比以前更加稳定。通过真空管和效率低下的音箱发出的声音，柔和得恰如其分，听起来不会让人觉得疲乏。或许有人认为音响只要能用就行、能出声就好，但莲根觉得这种想法不可取。音乐不只是播放出来就可以，如果想吸引别人来听，就要精心地调整音色，这样才会有回头客。应该让顾客对在店里听到的音乐，产生一种在自己家里也想听到的渴望。

*

莲根铺好布巾以免划伤地板，把左右的音箱拖离了墙面。考虑音色的同时必须还要考虑布局。砖块横列，最多只能垒两层，再高就会碰到上面的隔板，如果避过隔板错位向前，就会堵住通道。操作起来相当麻烦。莲根将音量调得比平时小一些，播放各种类型的音乐，同时改变砖头的各种布局形式，以确认音色的变化。要让站着挑选商品的顾客更好地听到店内播放的音乐。常来的顾客年龄都在高中以上，平均身高也超过自己。莲根试着在店内不同的几个地方分别垒起两层、三层、四层的台子，又挨个站在上面确认音色，然后再走到母亲房间的位置，检查低音的传播效果，同时也征求母亲的意见。不行的话就从头再来，重新调整。在反复调试的过程中，确定下要掌握的基本要点。莲根突然想起学生时代的往事，回忆起在打工的唱片行里更换新机器时的情景，那段光辉闪耀的日子仿佛又回来了。莲根心里感到一阵发热。

定下了大致的组合方案之后，莲根将音箱归位。他像一只发育不良的麻雀一般，一瘸一拐地从台子上下来，正准备将踏脚的砖块收拾一下，突然发现敞开着的大门外面，安西先生正抱着胳膊好奇地望向这边。安西最喜欢某位被誉为“才华非凡的歌唱家”的演歌歌手，一般他都会要求先放这个歌手的唱片，然后就要听一些抒情歌曲。对，这个时候才更要放一些不同种类的音乐来试试。虽然与自己的品位相去甚远，听了会在心里哎哟一声，觉得怪怪的。可是，放什么好呢？莲根又变成了一只一瘸一拐的麻雀，从这个台子跳到那个台子。想了一会之后，他停下正在播放的舒曼的交响乐，从店铺深处的唱片架上拿出了菲舍尔 - 迪斯考演唱的《美丽的磨坊姑娘》[1]，把它放到柜式音响的转盘上。咔嗒一声，莲根将厚重的旋钮型开关扭到33转的刻度，只见唱臂轻抬，悠然朝唱片的边缘方向挪去。唱针缓缓地落下，乐声响起。伴奏音非常纯净。莲根比较在意的低音区也反应良好。此时，明亮的男中音在店内回荡。十几秒之后，莲根觉得时机正好，他转头看去，发现安西正嘟着嘴，仿佛陷入了沉思，两颊却现出潮红，像一个被深深打动的少女一般。只见他的眼睛正朝收银台旁边立着的唱片封套那里看去。

① 菲舍尔-迪斯考（Fischer-Dieskau，1925—2012），德国著名男中音歌唱家，尤擅演唱奥地利著名作曲家弗朗茨·舒伯特所作歌曲，包括《美丽的磨坊姑娘》等。

食人鱼

“形势严峻啊！”最近，相良经常反复念叨，语气颇有些沉重。对于一直受到相良关照的安田来说，关键时刻自己帮不上什么忙，让他感到非常过意不去。虽然借款基本偿清，但是存下来的钱少得可怜。存折里剩下的金额，跟那些节衣缩食靠养老金生活的老人相比，大概也不相上下。他半开玩笑地说，这点钱，大概连受托存款的银行也懒得拿去用。相良喝掉一瓶啤酒，擦了擦鼻子周围渗出来的细密汗珠，笑着说：“说不定，老年人手里的私房钱比你的还要多呢。”安田回应道：“日子不好过呀！”安田的妻子聪子此时正在楼梯旁边的一个狭小空间里备菜，从吧台这边看不到她。只见她探出头来，突然“哎呀”了一声：

“相良先生，您的衬衫好像沾上了什么东西哟。”

她的目光落在吧台前就座的相良身上，相良已经脱下外套，里面是一件衬衫，领带松松地拉开了一点。他的衬衫上，沿扣子方向有一长列斑斑点点。不像是滴上去的，像是什么液体溅上去的。

“很明显呀。中午是不是吃了荞麦面之类的？”

“没猜对，但也差得不远。”

“还真是。可是，您不是不喜欢吃面条

吗？”

聪子不忘揶揄他一句，同时动作夸张地递上一条擦手的热毛巾。相良平时来店里从来都不点面条，无论怎么劝说，告诉他什锦面和中华盖饭无论是菜码还是味道都像亲戚一样没太大分别，他都不肯吃上一口。相良用不锈钢勺子将碗中的最后一口饭吃掉，边道谢边伸手接过干净的新毛巾。他没有去擦脸上的汗，而是直接将湿毛巾按在了衬衫上那些斑斑点点的周围，仔细地晕湿污处。但或许是因为时隔较久，那些圆点只是颜色淡了一些，又浅浅地扩散开了。看起来，只能送到洗衣店才能处理。

相良先生用湿毛巾裹住食指尖，戳在自己的衬衫上处理着污渍，表情十分认真，那样子像极了一只正在捉虱子的大猩猩。安田拼命忍住笑，暂时把自己的烦恼搁在了一旁。他觉得眼前的相良先生也算是个怪人。他的头发一丝不苟地梳成三七分，用发油打理。贝司形脸的下半截总是泛着青光，就像刚刚刮完胡子。一张传说中的樱桃小口安放在他的脸上，比例甚是奇特。嘴小得出奇，口腔内的空间就不够大，使用底部宽平的瓷制调羹，会在嘴里四处碰壁，难以顺利进食。他最喜欢的中华盖饭，裹着芡汁的米粒如果黏在口腔的底部或者侧面，因为肌肉不够，很难在脸颊内侧将它们收拾利索，必须再从嘴里翻出来，然后用上唇一点点吸进去，否则就吃不干净。而面条类的食物，他吃起来需要格外用力地啜吸，吃一碗拉面会把他累得太阳穴和脖颈疼痛不已。所以，每次他只点中华盖饭，但是在撮食饭粒的时候，嘴需要像拧绞茶巾一样揪皱在一起，也很辛苦。他第一次向安田请求要用勺子不要调羹时，安田觉得很奇怪，一问才知以上缘由。不过，勺子也有勺子的缺点，不隔热，容易烫到舌头。所以饭热的时候，相良就用筷子吃，而残留在碗底的米粒就用勺子刮干净送入口中。一顿饭吃下来，也是颇费周折。

如今，只要相良来店用餐，在他喀啦啦打开店门的同时，安田就会马上开始动手做他惯常点的餐食，并十分默契地备好餐具——勺子和筷子。“我老婆可是在笑话您呢，说您就跟幼儿园的孩子一样，不给吸管就喝不了牛奶。”相良虽然觉得有些难为情，但是也只有在这里，他才可以不必在乎别人的目光，安心当个幼儿园的娃娃。话说回来，平时不肯吃面的人居然衬衫上沾了这么多面汁，非常奇怪。聪子一下子就看出来，那些污渍很明显是蘸了调味汁的面条或者其他什么东西飞溅出来的效果。

“不是在饭馆里吃的。而且，也不是我溅上去的。说起来，是遇到了一场小型灾难。”

相良供职于当地一家灵活便捷的小型金融机构——信用金库权现山东支店。他与安田已经打了二十多年的交道。安田的饭馆最早开在省医院的背面，门口上方挂着块大红色塑料招牌，清楚地表明这是一家中餐馆。实际上，它是一家随处可见的套餐店。店内主要经营套餐，家常料理也只是几款极为普通的菜式。店里饭菜的价格不上不下，食材的选用中规中矩。起初，只有饺子皮和饺子馅儿是自制的。每日为备出足够的底汤就已经竭尽全力，所以对于咖喱之类的套餐，只好采购专业的罐装咖喱，完全没有精力自制咖喱汁。为此，安田也感到羞愧不安。他时不时会想，自己并没有特别起早贪黑地陷在厨房里，也没有特别惜时如金地一心扑在工作上，作为料理人来说，是不是有些失职呢？实际上，现在在他心里也一直没能丢掉这种想法。

他知道自己笨手笨脚。年轻时，在高中时代的学长店中做学徒。三名学徒当中，自己是最笨的一个。就比如说饺子吧。饺子是当时店里的招牌料理，他们就从饺子制作的基础开始学起。安田切菜的手法笨拙，卷心菜总是切得不够细；高筋面粉和低筋面粉的比例永远也调不好；和面不匀，面团不上劲儿；好不容易学会了用擀面杖擀出面皮，包馅的时候，手指却总是跟不上节奏，包不出漂亮的波纹边。再说拉面。他总是煮得软塌塌的，因为沥水不够彻底，好好的面汤变得浑浊而寡味。师傅多次苛责说，你的手腕太硬了，再放松一些，沥水的时候动作要柔和，嚓、嚓、嚓！沥水的声音要是不干脆，味道就也会变得稀里糊涂。师傅说做事不能单靠态度好。奈何安田受训多次，做起来依然不成样子。还有煮饭。水量总是掌握得不合适，煮出来的米饭黏黏糊糊。也不能清楚地把握和计算顾客需求，让两个大型电饭锅适当地联动起来，保证米饭的及时供应。煮饭都规划不好，可谓是一个致命的缺点。尽管这样，安田也没有自暴自弃，他依然乐观地做着所有被分配的任务。

在厨房里，他总显得碍手碍脚，于是就被

安排出去送餐，不分早晚。而对安田来说，将送餐盒挂在自己心爱的本田小狼[①]上，一路飞驰着送到目的地，比在厨房里跟锅碗瓢盆打交道要快乐得多。虽然有时候会出些状况，比如因为迷路，最后送到时面条坨了，汤也冷了，或者明明盖得严严实实的保鲜膜不知为什么开了缝，漏了汁水。但是客人们都不会责怪他，更不会找他的麻烦，而喜欢跟他说话的人也越来越多。或许因为他为人朴实，跟人打招呼时声音得体，笑容真诚，没有送货员容易有的那种虚张声势的热情。安田与相良先生因送餐而相识，与曾在省医院对面的花店工作的妻子，也是因为送餐结下的缘分。

---

① 本田小狼，即本田小狼摩托车，由日本本田公司于1958年推出，随即风靡日本乃至全球。

安田向来与金融业没什么瓜葛，对他来说，能够认识在信用金库工作的相良先生，除了幸运再无其他。无论是从医院背后搬到这里，还是对这间住宅兼店铺进行装修改造，都离不开相良先生的鼎力相助。对银行做融资说明时，相良先生宽慰安田说，不稳定的状况不一定会成为负面因素。而担保人是连安田自己都把握不准的一个朋友。但是相良毫不迟疑接过担保人印章，熟练地准备好必要的文件，最后让安田顺利地拿到了金额充足的融资。因为是贷款，所以数字是最重要的，一旦遇到情况必须要担负责任。但是在相良先生看来，信任客户是理所当然的本分。他表示，所谓信用金库，就是一种信用的买卖。不过，经历过一段时期的波动之后，金融业自身也开始遭遇信用危机，尽管情况不像大型金融机构那么严重。问题不是出在贷款方，而是还贷出现了困难。为了应对这种情况，相良开始利用自己长年的信誉以及对地域的熟悉，亲自到基层接触客户，而不是坐在办公室享受一定的职位，把营业工作交给晚辈去做。

今天也是如此，从早上开始，他就去做上门服务，拜访一些身体不便的老年人，收取每个月的定投金额。在拜访一位七十八岁的寡居老妇时，两个人聊着家常，就到了午饭时间。相良随和亲切，一心盼着他来的老奶奶，执意挽留他一起吃午饭。她说，刚好女儿女婿送了素面和面汁来，足够两个人吃。她说话的口吻像对自己的儿子一样。相良有点慌，吃面条让他有些为难，但是却说不出口。老奶奶在等着他表态，摆出随时准备站起来到厨房去的架势。与其说是邀请，不如说是命令。不，老奶奶的语气似乎更接近于一种恳求。相良有些犹豫。按照规定，集完款应该直接回银行，不能顺便去别的任何地方。不过，在客户这里多耽搁一会，算不得去别的地方吧。虽然他讨厌吃面，但一想到这也算工作内容的一部分，便觉得不应推脱。他对老人说："好的，那我就不跟您客套了。"老奶奶立刻高兴起来："这就对了，一定要尝尝我煮的面。你人很好，我还把你们信金推荐给围棋会所的人了呢！"老奶奶不忘展示自己一厢情愿的宣传业绩，走进客厅旁边的厨房，开始煮起水来。她站在锅前，又夸起自家用的水，说是井水，煮什么都好吃，煮面就更不在话下，在她的唠叨声中，锅里的水沸腾了。

但是她手上的动作，却怎么看都觉得不利索。相良反应过来，提出要帮忙，老奶奶只是莫名其妙地回了一句说："没什么大不了的。"当她正准备将煮好的面倒入笊篱中的时候，相良突然感到一阵不安。

"太危险了，让我来吧！"相良伸出手去抢过锅子。他回忆着妻子给孩子们煮面时的顺序，用水龙头里流出的号称是井水的水流将面冲凉，但是井水温吞吞的，当他想把素面再移到冰水中时，打开冰箱，却发现制冰室中的冰盒空空如也。这下相良犯了愁：怎么办呢，面条温乎乎的没凉透啊。

不要冰，吃冰块会坏肚子的。老奶奶从相良的手中抢回笊篱，不甘示弱地再次强调说：

“我家用的可是井水哦，已经足够凉啦。”相良无奈，只好将素面盛在透明的大碗里，端到了小小的矮桌上。一切就绪，他双手合十，道了句“我开动了”，便吃了起来。相良挑起还没凉透的素面，沾着稀释好的酱汁，努力让自己吃得香甜。他起劲地啜吸着那一根根温吞吞的线，暗中鼓励自己说，这个看起来是面条，其实不是面条。老奶奶见他吃得欢，更高兴了。

“而且，用的还不是木筷子，是滑溜溜的塑料筷子。在客户那里，我又不能像在你这里那么任性，说不要调羹就不要调羹，说换勺子就换勺子。所以啊，情况还真是窘迫呢！”相良一边喝着第二杯啤酒，一边说着。“不过呢……”说到这里，他突然停下来，打了个酒嗝。

胃里咕噜噜一阵响，气团通过食道直冲上

颚，相良抻着脖子打了个很引人注目的酒嗝。咕——呃——声音再次被吞进黑红的喉管中，舌尖获得自由。嗝音中带着一种独特的钝感与随意，让安田心里觉得很踏实。平日里衣冠端正的银行工作人员，言谈举止却非常亲切随和。安田心里闪过一个想法，相良先生擅长亲自上门营业，或许就是因为他的这份随和，这份能够在客户面前发出生理音的随和。这种声音一般会被认为是失态或没礼貌，但是，却能够营造出一种令人亲近的氛围。记得安田第一次给相良送餐时，相良订的是中华盖饭和炸猪排饭。餐送到的时候，出来迎接的就是打电话订餐的相良先生本人。见他西装笔挺，气质稳健，看起来不像是做杂务工作的，倒让安田大感意外。相良在电话里说要订三份中华盖饭，在说到

“乎阿……华”的时候，中间顿了那么一小下，“乎”之后又奇怪地混入其他声音，接下来又反复说了几次“阿盖饭”“阿盖饭，三份”，这种奇妙的发音方式，让安田想象对方应该是个看起来更加大大咧咧的人。两人最初的交往就从嗝音开始，所以安田就把相良胃里的排气看作是一种好兆头。刚才还在想，今晚怎么没听到打嗝呢？没想到令人欣慰的声音说来就来了。

“不过，老奶奶吃东西很慢啊，”相良一边下意识地揉了揉自己的胃部，一边接着说道，“她没装假牙，所以嘴里有好几处都是豁着的，就只能一点一点地吸溜，感觉有点像我女儿吹竖笛时的断奏。可能肺部和两颊都很衰弱了，气不够用吧。家父生前也曾经这样。这种吃法到最后肯定会留下一根。就像小鸟吃蚯蚓的时候一样，蚯蚓是会动的哦。因为煮面的时候端过很重的锅，手臂的力量也用尽了。所以她拿面汁碗，拿水杯，拿筷子的时候，手都是颤颤巍巍的。汤汁不只是晃，还会泼洒出来，画着圈地泼洒。我在一旁提心吊胆，觉得很危险，眼看就要晃出来了。果不其然，面汁还是啪的一下溅了过来。喏！结果就像你们看到的这样咯。不过老人当时低着头，所以没注意到面汁溅到我身上了。而且眼神又不好，看不到我的衬衫上有污渍。所以你们瞧，这里，这里，还有这里，三处。所谓冷面老人事件，就是这样的咯！”

“那叫冷水老人[①]吧？”安田插话说。喝了

① 冷水老人，指老人用冷水，是日本俗语“年寄りの冷や水”，意思是上了年纪的老人逞强冲冷水澡、喝冰水，形容老年人不自量力，做出与年龄不符的危险行为。

啤酒的相良先生经常会这样，突然冒出一句莫名其妙的玩笑话，让人哭笑不得。尽管如此，对于平日里严肃认真的他来说，这已经算相当程度的放飞自我了。

这天，相良即使现在回家，家里也没人。因为他太太带着孩子出去和朋友聚餐了。很久以前，他带太太来过店里一次。当时相良太太点的是叉烧面。那是安田第一次，也是最后一次见到相良太太。相良先生用他的樱桃小口解释说，她这个人比较害羞。但是安田觉得，也许是这里的味道不合她的胃口。实际上，小店开业至今，已经有二十年了。他从没做过任何精益求精的努力，想起来连他自己都觉得诧异。只要有客人，够维持生活就行。不知是因为他看开了，还是因为充分地认识到了自己的天生笨拙。最早订购的罐装成品咖喱，在妻子能够帮手之后，终于变成了自家手制。每日例牌套餐中也开始出现做起来比较费功夫的香雅烩饭。虽然没打算偷懒，但是也没有再上层楼的欲望。像相良先生这样的常客，临走前结账时，只是简单地说声“回见”或者“我吃好了”，倒是从没对味道本身提出过什么异议。但是，安田不止一次消极地认为，自家馆子的饭菜味道，充其量也就停留在马马虎虎的水平。如果味道还能说得过去，那也全是妻子的功劳。

与妻子相识于学徒期的最后阶段。世间总是不乏有些不可思议的巧合，但也因其不乏，所以很多都难以真正称得上有多么不可思议。可是，每当安田回想自己那段堪称为人生转折的时期，还是不自觉地想借用这个老掉牙的词语——不可思议。聪明伶俐而又有上进心的另外两名学徒，学成之后，不顾店长的挽留，毫不客气地辞职而去，一个进了烹饪学校继续深造，另一个为了到条件更好的饭店谋职而去了大城市。结果，只有做什么都不行，最不被看好的安田留了下来。安田的笨手笨脚依然如故，但是经过数年的磨练，也积累了一定的经验，用时间弥补了水平的不足。店里的常客开始觉得他越来越有厨师相，只有他自己浑然不觉。就在此时，店长突发脑梗被送到医院抢救，最后虽然命保住了，但是手臂却不听使唤，不能再做事。就这样，店面暂时交给了安田打理。对此，安田从来没有过心理准备，他觉得自己还是那么不中用，一切只是机缘巧合而已。安田为人谦虚，顾客的意见和抱怨他总能虚心接受，耐心倾听。打零工的店员犯了错误他也会亲自出面道歉，调节尴尬的气氛。也许是曾经送餐的经历，让他具备了与人交往的能力。

与妻子相识，是因为那次来自水果店而不是花店的订餐。在本地最大的省级医院的正门，隔着一条马路，对面开有几家以患者和探病者为主要客源的店铺。医院的患者很多，平日里大型停车场都会停满车辆，所以几家小店的生意自是不愁。既有能够消磨时间的咖啡馆，也有可以接受院外处方的药店，此外，照相馆、书店、水果店、花店等也一应俱全。外观看起来虽然破破烂烂，但也形成了一条商业街。而安田接到过好几次其中的水果店老板娘的订餐，所以对方也算是重要的客户。水果店的店铺深处，一副褪了色的藏蓝门帘后面还藏着一个小房间，安田一般会把餐盒直接送到那个小房间的桌子上。但是那天，情况似乎不同以往。安田的直觉果然没错。老板娘看到他来，马上低声对他说："有件事要拜托你去办哦，麻烦你再多走几步，把这些东西送到医院的停车场好不好？"停车场？安田以为自己听错了。"对，在东门的树荫底下停着一辆白色面包车，把饭菜送到那里。"老板娘指着身边一位系着围裙的女子，对安田介绍说："这位是花店的聪子小姐，她会带你过去，送完餐再回来我付账给你。快，趁着饭菜还热着，马上就送过去，不用骑摩托车，手提着走过去就行。"

安田稀里糊涂地听从老板娘的安排，从送餐盒里取出托盘，那里放着三人份的饭菜。聪子用事先从花店带来的包花束的大号白纸，盖在托盘上，领着他出了门。聪子手里捧着花，说是障眼法，为了掩饰真正的目的。路上她向安田说明情况，安田才明白过来。原来在面包车里等外卖的，是吃腻了医院病号餐的长期住院患者。他们在有家人陪同的条件下，得到了外出散步的许可，于是从医院的中庭悄悄溜到了停车场，进了事先准备好的车子，打算在里面吃上一顿被医生禁止吃的外卖餐食，再装作若无其事地回到病房。因为其中还有被严格要求饮食的患者，所以说搞不好是冒着生命危险的行为。医院搞慰问演出时，水果店的老板娘曾经过去帮忙，于是认识了这些病号及其家属。病号们实在是厌倦了少油寡盐的清淡饮食，便悄悄与老板娘商定，请她帮忙订餐，再送到停车场，以满足自己无法抑制的食欲。这些病人都很馋，订的东西也比较杂。再加上还有家人陪同，所以数量也不少。聪子小声对安田说："那个老板娘啊，嘴上说是做善事，可是要收手续费的哦！我呢，就算是邻居帮忙，也不好回绝。而且话说回来，我觉得医院那边怎么可能没注意到呢！"聪子调皮地笑了起来。

"上次送的是鳗鱼饭。一个肝脏不好的中年女人，马上就要出院了，定了个双人份的特级鳗鱼饭，一扫而光！"

就这么说着话，两个人走到了白色面包车前。有个穿着病号服的二十岁左右的年轻人和他的母亲，还有一个年龄差得很大的小妹妹等在车里。他们叫了三样东西，汤汁浓厚的叉烧面、清汤面以及芙蓉蛋。年轻人因胃溃疡住进了医院，今天说什么也要吃碗叉烧面。患者母亲向安田解释着，并低头致谢。安田担心面条泡得太久，不放心地站在外面看了一会，只见年轻人急不可耐地掰开筷子，呼噜呼噜地大吃起来。他抱着大碗喝了一口汤，满足地说道："啊，太棒了，好久都没吃到这么好吃的东西了。谢谢。"他发自内心地笑着，向安田表达着谢意。那副笑容，直到现在安田也不曾忘记。

"面包车是水果店的。经常会换的哦。有时候会换那种小型轿车，车身比较高的那种。今天的事情吓到您了吧？给您添麻烦了。"

"没有没有，哪儿的话。"

安田不知接下去该说什么，便沉默下来。没有没有，哪儿的话，如果客人能够吃得开心，我会觉得不胜荣幸。也许这才是一个像模像样的厨师应该有的标准回答吧？但是安田心里只会想，客人吃得香甜，不是因为我做的饭有多特别、多好吃。人在饥饿难耐、为了吃到东西而不顾一切的时候，无论日餐还是西餐，都会觉得是人间的极品美味。不过，他还是觉得很高兴。能做个料理人真是太好了，这句话差点冲口而出。偷偷送餐很刺激，也很具有戏剧性。那氛围像极了外国电影描述的禁酒时代的酒吧，还带着一种紧张感，似乎随时都会被严厉的护士发现。他回头望去，却见已经久经沙场的聪子态度从容坦然，她微笑着对安田说道："看上去吃得可真香啊！"并微微点头致意道，"餐具我过后会收拾好送到水果店，今后也请您多多关照。"

第二次，第三次，送餐都由聪子护送。第四次，第五次也是如此。很快就不再是水果店的老板娘来电话订餐，而是由聪子直接打来。那段时间里，他们为满足患者的食欲而携手合作，两个人也渐渐熟悉起来。聪子将自己个人的情况告诉了安田。她二十多岁时曾与高中同学有过一次婚姻，但不到三十岁就离了婚。后来在朋友的介绍下来花店工作，到现在已经是第四年了。在第六次送餐的时候，安田将顾客订的咕咾肉和中华盖饭以及饺子一起送到面包车上，当他揭去盖在托盘上的布巾时，满足地听到了车内响起的欢呼声。其后，安田突然用一种从未有过的认真口吻对聪子说道："我可以跟你谈点真心话吗？"

如今已经是安田妻子的聪子提起那次往事，还时不时故作嗔怪地说道："我满心期待，还以为你是要向我表白呢！"

如果说安田当时是在表白，那完全就是一种不解风情的表白。他向聪子袒露心声，说自己的烹调水平是多么差，他现在的身份并不是自己争取来的，若不是店长病倒，自己也不会被委以重任。他还说，看到客人那么开心，自己除了高兴，心里反而感觉不安，觉得是不是哪里搞错了。对一个像我这样才能有限、从不懂得钻研的人，客人的反应是否过誉，是否有什么误会。

可是对于聪子来说，安田到底想表达什么，她完全搞不懂。是不是想拒绝这种“不合法”的订餐呢？或者是想请她一如既往地帮忙？她也在附近的不少餐馆订过餐，其中也有其他的中餐馆。所以，从患者的反应来看，安田做的菜到底是什么水平也不难判断。聪子自己吃过，所以不只她自己这么认为，连口味比较挑剔的水果店老板娘也对她说：“那个是叫安田吧？自从店里换了他来做菜，味道好多了，咱们得多支持他啊！”每次的“地下”工作之后，老板娘都会这么赞扬一番。她说：“也说不好到底是哪里有了什么样的变化，但是各种味道很巧妙地结合在一起，而且你看，他烧的饭菜，凉了之后也能吃对不对？油炸食品如果冷掉了还能吃，就说明他用的食材和油都不是糊弄人的，而且烹饪水平也不错。”

“是你多虑了呀！客人要是对口味不满意的话，怎么会订得这么积极呢？”聪子真心说道。但是安田顽固地拒绝接受这种看法。说一个人迟钝，大概也不过如此。不知不觉地，有一点聪子却不能否认，自己正在被这种迟钝慢慢吸引。第一次提出周末一起出去转转的，也是聪子。那天，出现在约定地点的安田，穿着件感觉完全不同的白色 Polo 衫，也许出门前还在店中备餐，衣服上沾着汤汁的痕迹。

“沾上了就没办法了哦。快点回家，赶紧用洗衣剂泡上才好。”

相良衬衫上的污渍，让聪子的心中浮现出与安田两个人初次约会那天的情景。他们开了两个小时的车去了动物园，安田对动物园里的水族馆表现出的兴趣，远远超过对其他动物的热情。

相良先生晃晃悠悠地站起身来准备结账，他从衣服的内侧口袋中掏出印有信用金库标志的钱包，又打了个嗝。“哦，对了，那些家伙还好吗？”他手指朝下指了指，向正在煎饺子的安田问道。

“嗯，都不错。长很大了呢！”

“好长时间没见了吧？去打个招呼吧，就是得多走几步楼梯。”聪子说道。

“也是呢。”相良伸出左手，挠了挠已经渐渐稀薄的后脑勺，“那，我去看看，虽然喝了点酒，但爬爬楼梯还是可以的，这算不得冷水老人吧。”

店内有四个客人，虽然没怎么聊过天，但是脸都熟，他们一边翻着油渍斑斑的报纸或者周刊，一边吃饭，但是一听到相良先生说去看看，就马上有了反应。因为大家都知道这家店的楼下有什么，甚至有的客人还会专门带孩子来看。

安田的店位于尾名川一条细细的支流的岸

边，从街道那边看上去是二楼，而从修有堤坝的河岸那边看上去就变成了三楼。十几栋房子沿岸排开，房屋都是相同的外观结构。房子的一楼从街道看过去是地下，因为太潮，所以根本不适合居住，很多人家就把它当成仓库来使用。当年，当店长宣布要彻底退休闭店的时候，已经准备结婚的安田，在聪子的鼓励下买下了这里。当时，最底层是六根轻钢结构支撑着的一个空间，里面什么都没有，所以就当作有顶棚的车库来使用。他也曾经梦想，等家里有了小孩子，添了人口，就可以将这里改造成游乐场，但是当他得知聪子不能生育时，便放弃了这个想法。后来他从相良那里贷款，将这里全面改造，变成了食材仓库以及自己酷爱的热带鱼养殖场。也没有什么高级品种。神仙鱼，日光灯鱼，孔雀鱼。都是极为普通的热带鱼，在宠物店里就可以很轻易地买到，养起来也不太麻烦。尾名川钓上来的鲫鱼、鲤鱼以及青鳉鱼，在这里也有它们的安身之所。其中只有一条比较特别，一条体长不到三十公分的黑色食人鱼。是朋友强行让他收养下来的。因为食人鱼不能与其他鱼放在一起养，安田特别找了一个比一般鱼缸大的水槽，安放水槽的工业规格单层钢架也十分结实，这样一来，食人鱼就有了个宽敞牢固的游水空间。别看它长相凶猛，却意外地有点呆萌，一开始养的时候有些犹豫，但是现在安田已经对它生出了感情。

相良先生手掌扶着墙壁，从陡急的楼梯上下来，一路发出刷刷的摩擦声。安田见他喝了酒有些站不稳，煎好饺子之后马上跟了下来。

房间没开灯，室内照明只有水槽上方成排的荧光灯，释放着青白色的光芒，十几台水泵的声音在嗡嗡地响着。

“大概有一年没见了呢，又长大了啊！你有什么饲养秘诀吗？”

“没什么特别的呀！也许是因为这里离河水近，所以它心情好。”

“要是用水泵多打进去一些高纯度的氧气，可能会长得更大呢！前些天我看报纸上那么写的。”相良先生说道。

安田心中暗暗嘀咕着，有没有谁也给我送点氧气呢？不必分分秒秒，只求能在快撑不住的时候，让我饱饱地吸一顿高纯氧气。当初打造这里时，贷款的理由是改建自家的房屋兼店铺。安田将装修图纸和报价单拿给相良看时，比起生意盈利数字，相良对楼下将要建造的私人水族馆表现出更大的兴趣：“很有意思啊！这样一来也可以吸引客人，是个不错的主意呢！”但是安田从来没有想过要用它招徕顾客，他想的只是怎么做才能让相良以及自己的妻子满意这个设计。“只养热带鱼有点无聊，最好把尾名川里的鱼也放进去，这样会有一种亲切感。”相良兴味盎然地建议道。

“什么都没做就养这么大了。人品啊！你可真了不起。”

“可是，我真的什么都没做。”

没做任何特别的照顾。做菜跟养鱼都是如此。什么是好什么是坏，自己也不太清楚。安田想看看表，突然发现自己的袖口沾着一根蛋黄色的面条。一定是刚才煮好拉面在沥水的时候挂上去的。趁着相良正背对着自己仔细观赏着神仙鱼，安田捻起那根面条，悄悄地将它丢进了食人鱼的水槽。这个家伙看到这条一伸一缩的蚯蚓般的东西沉下来，肯定会果断上前，一口就收拾掉。不会像那个弄脏了相良衬衫的老奶奶那样一点一点地吸溜。当一个下颌凸出的钉耙似的嘴正在接近未知的猎物时，“呃——”相良又发出了那个声音。在狭窄的密室空间，声音显得比平常要响。安田随口问道：“没事吧？”等他再回过头来看水槽时，那根面条已经神秘地消失了。一口就吞进去了啊。但是，瞧这张胖乎乎的脸，一副呆头呆脑的样子，怎么也看不出它对味道会有什么样的想法。

缓　坡

香月呆呆地看着天空，视线落在一片烧得火红的云霞上。很久没看过如此浓墨重彩的景象了。突然，一个颜色发青的巨大生物体好似被一阵疾风掷到空中，又一口气飞旋上升，很快就不见了踪影。不过，所谓不见，也只是从香月的视线中消失了踪迹而已。香月坐在靠通道的位置上，与电车的行进方向相反。一闪而过的不明物体让他“啊”的一声，不由得探出身去，手却按在身边一位年轻女子的膝头。“对不起！”香月慌慌张张地道歉，窘得满面通红。

但女子并没有对他发火，而是重新并拢双腿，继续看起手中的书来。来自其他乘客的疑惑的目光和手上残留着的柔软触感，让香月感到一种与年龄不符的羞愧。他缩起身体，老老实实地坐好，将本就弓着的后背弯得更低。香月尴尬地闭上眼睛，待稍微平复下来之后，赶紧再将视线投向窗外。此时，外面已经失去了光明。

刚才还透亮的车窗玻璃上此刻反照出车内的照明，视线已经无法逃出窗外了。坐在香月身边和对面以及过道另一侧的乘客的面孔，变成一个个发白的影像印在了坚固的玻璃上。方才觉得有什么东西飞过去，难道是反射光的恶作剧？不，不应该。当时，外面还有一定程度的光线，如果只是一道光，那种质感未免也太强烈了。而且，它不是白色，好像有些发蓝。

虽然眼睛因为不适应新换的一副老花镜而经常感觉疲劳，但是无论如何，刚才的景象肯定不是自己眼花看错。香月用左手的拇指和食指用力地按压着眉头之间。这里是眼睛的穴位。公司财务洞口小姐曾经告诉过他。洞口年纪轻轻却无所不知，对指压和身体穴位的按摩调养也颇有研究。

“说是眉间，其实是在眼窝上面骨头稍微突出的那个地方，在眉毛下面一点。那里有一条很明显的筋络，您按下试一试。有没有感觉眼睛里面非常滋润？是不是很清爽？有感觉才是最关键的，无论做什么事情都一样。像香月先生那样事事都要求有理有据，清楚分明，是行不通的哦！”

作为一个中年男人，被一个二十几岁的姑

娘教育，一般都会觉得很郁闷。但是这位姑娘性格天真爽朗。她人如其名，长着一张洞口般壮阔的大嘴，说话时总是笑呵呵的，露出一口雪白的牙齿。所以无论怎样被她责怪或抱怨，听起来都像是随口说说的玩笑话。大嘴洞酱。同事们有时候会故意这样称呼，逗她取乐。但是不知何故，跟她交谈总是让人感觉特别的轻松快乐，像是在参拜一座小祠堂，而不是探寻一个奇怪的洞窟。据洞口小姐讲，她在财会学校的一位老师曾说过，做财务最重要的是在关键时刻要懂得放松，得过且过。这种看法完全背离了香月的常识。但洞口小姐的老师却说，生活当中的数字与数学老师使用的数字是两种不同的东西，它既不是一个抽象概念，也不是一串冷冰冰的数字罗列，它必须是载有生活重量的更具人情味的东西，为此应该多制造一些空隙出来。香月很是不解，那如果发生计算错误，岂不是白费功夫？洞口小姐则表情平静地说道："错了可以重新做，百分百正确的财务人员才是无聊透顶。"

"如果数字毫厘不差，反而会觉得很恼火，想把桌子上的文件一股脑地全从窗口丢出去。"

"这样啊。"

"是啊！所以按摩之类的也是一样，不那么规范的按摩反而比专业推拿还有效。要不，让我来给您按一按！"

"不，不用，不用不用。"

在香月的脑海中，洞口小姐即将按向自己眉间的手指和几十张文件资料在窗口啪啦啪啦随风散去的画面同时浮现出来。眼前那张大嘴又变成了一座小祠堂。这个年龄还不及自己一半的女孩子，一张盈盈笑脸居然会让人涌起一种合掌祈愿的渴望，简直令人不可思议。

映在玻璃窗上的影像中如果能出现那样一副笑脸该多好，香月心中暗念着。不规范的才有效果，是吗？确实也可以这么说吧？但是也要分具体情况。香月觉得，如果是关乎人命的事情，不规范的东西还是应该避免，最起码要在外表上看起来合规合矩、清楚分明。

*

香月的工作单位隶属于大阪一家防灾用品公司，主要负责灭火器的销售，并承担公寓住宅和杂居楼宇中配备的消防用品的检查确认工作。香月以前在食品机械开发公司工作，公司倒闭后曾领了一段时间的失业保险。后来他通过好友小木曾的介绍，才得以到如今这家公司就职，尽管该行业与他之前从事的工作全然不相干。公司老板是小木曾的一位远亲，所以也算是很老套的靠关系入职。而老友之所以主动从中牵线，则缘于一本书。那是香月在公立图书馆随便借到的一本书。所以，人生很奇妙，总会有各种无法预知的事情发生。当时的情景，已经成了他在新客户面前必会讲述的老生常谈。

那天正值晌午，香月在车站偶遇小木曾。小木曾看到香月手里拿着一本文库版的《ABC杀人事件》，突然想起来什么似的问道："对了，你还没找到工作吗？刚好有个亲戚的公司，现在需要一个马上能上手的中坚人才。你要不要去试试看？”跟从前比起来，两个人见面聊天的机会少了很多，但是相互之间会通过电话联络，谈论各自的近况。小木曾提到的是一家经营防灾器具的公司，主要业务是销售和检查灭火器材。能有份工作自是香月梦寐以求，但是因为行业差别太大，他有些退缩。小木曾笑嘻嘻地对他说：“我是看到你手里这本书才突然想到的。”但他说话的态度却不像是在开玩笑。

“你知道火灾分几种吗？”

“不知道。”香月老老实实地回答。

“上高中时，我曾经在那家公司打过工，所以学习过。纸屑或者木材燃烧属于普通火灾，也包括服装。接下来是燃油火灾，石油灯油都属于该范畴。再有就是漏电以及短路造成的电气系统火灾。”

“不就这三种嘛？”

“家庭会出现的火灾大致就是这三种。关键是它们的名称。第一个叫A火灾，接下来是B火灾，最后那个被称为C火灾。所以跟你手里的那本书一样，ABC。”

开什么玩笑！香月有些恼火。但他不知是该生气还是该笑笑，或许，当时他是一副哭笑不得的表情。凭借这种不着边际的联想，就随随便便地决定今后人生的再就业问题。两个人关系再好，这种方式也很难让人接受啊。看到香月的反应，小木曾马上解释道：“你不要误会嘛，我是很认真的。”

“实际上，对应不同类型的火灾，应该备有不同类型的灭火器才行，但是那样就会比较麻烦。所以，你看，一般经常可以见到的是那种像红色邮筒一样的灭火器。那个里面装的是粉末，可以应对这三种火情。所以它就叫作 ABC 干粉灭火器。”

“不会吧？”

“真的。这家公司就经营这种东西。你如果有兴趣就告诉我。我帮你牵线。”

香月并没有马上接受。他明白，小木曾是出于好意，想帮老朋友一把。不过，本来颇有感情的公司遭遇倒闭，自己还身处失业的漩涡——不，失业的烈火中自身难保，如今重整旗鼓，居然要去做灭火的事！恐怕相声也不会这么编吧？可是，就从那一刻起，香月不知不觉地开始对公共建筑通道上星罗棋布的灭火器发生了兴趣。这些像里程标一样的家伙有的看上去状态可疑，不知是否真的能派上用场。散步途中，每当经过红色圆筒或者装有这些设备的细长型木箱前，明明没这个义务，香月却也开始观察起它们的样子来。原本，消防栓、灭火器是太过普通的事物，所以之前从来没有留意过。如今，香月惊异地发现，出没在街头巷尾各个角落的灭火器，数量多到令人咋舌。

世界上真正使用过灭火器的人究竟有多少呢？当然，对于防灾用具，永远都没有机会用到它们才是最好。“有备无患”这个词，刚好在原公司的企业理念中也占了一项。可是，这种工作无异于推销保险，需要能言善辩，舌灿莲花。通过引用过去的事例以及身边教训，说明不幸事件会在人们完全没有预料的时候突然袭来，从而唤起顾客的焦虑和不安，借以推销商品。习惯鼓捣机械设备的自己，能否胜任这种表里不一的营销工作？在那天回家的路上，在电车和巴士的摇摇晃晃之中，香月一直在想这个问题。

从距防灾用品公司最近的旧国铁换乘站，乘电车向尾名川上游方向行进，到香月父母家所在的小城，大概需要四十分钟的时间。那一带，开阔的河谷阶地缓缓铺开，往上游方向再走就会进入山地。河岸北侧，一些新建材建造的房屋看上去有些摇摇欲坠。从这片住宅开发区一直向内地延伸，在阶地尽头，有一片十几户人家围合而成的住宅区。那里交通不便，再往里走一些，香月家的房子就建在杂木林前。

从车站乘上巴士，需要二十分钟左右才能到家。这种乡村巴士只有前方一个车门供上下车。车窗外是绵延成片的青翠农田，其中点缀着一座座瓦片屋顶的漂亮房屋。乍看起来非常悠闲适意，但车站周边却是千篇一律的单调景象。街上立着些高度、样式、规模都差不多的建筑，无甚特色。杂乱无章的商店招牌里出外进，不时遮挡着人们的视线。跟公司周边的景色相比，远远望去，也许只有白雪皑皑的群山才会让人感到些许安慰，但那也是在季节恰当时才能看到的风景。而且，除去通勤上学的时间段，巴士非常少。所以，香月不知道这家公司有没有足够的魅力值得他辛苦通勤。

香月家背后的小山丘林木茂密，即使在盛夏，空气里也带着一丝凉意。在几百米开外，高速公路的高架桥横跨山谷，在空气、风向以及温度条件适合的情况下，长途大货车的轰鸣声会清晰而堂皇地变成山谷回音传过来。这段超出想象的高难度高速公路工程，是在香月中学毕业那年竣工的。工程在很久之前就已开工，父亲曾专门带着香月去看施工现场。他们把车子一直开到最接近工地的地方，去看这项传说中的规模巨大的工程，在令人头晕目眩的高度目睹混凝土和钢铁建造的大桥横空而过。就在这期间，因道路通车，地价也随之暴涨，这片山地的地主一夜暴富，开始趁势建造住宅。香月的父亲认识开发商，便以参观工地为理由，提前从对方那里获得了很多信息。参观时母亲也一起来了，也许夫妻两个已经考虑了很久买房子的事情。

于是，香月上初二的时候，举家从山城一座小小的市营住宅里搬了出来。起初香月反对搬家，他不想离开故乡，提出要借住在姑母家中，继续在自己熟悉的学校上学。但是当他听说新家那里虽然也是一样的乡下小城，车站附近却应有尽有，甚至还有公立图书馆时，这个对城市生活多少有些向往的少年为此动摇了。在新的城市读到高中毕业，香月进了地方的工业大学。所以，他在这个家中实际上只住了四五年的时间。位于大学附近的前公司倒闭后，独身的香月时隔十年又回到了少年时的家。

那天晚上，香月把小木曾的话讲给父母听。没想到母亲听说过这家公司的名字。她担心那里没有消防署的许可或者认证，还说："灭火器那种东西我们家也没用过，能卖出去吗？"母亲的神色里都是不放心，至于赞成还是反对却不置可否。倒是父亲发话了："现在这种时候，也没有什么挑三拣四的资格。而且从公司的位置来看，可以住在家里每天通勤上班，在找到真正合适的工作之前也不能闲待着，所以先接下来做做看吧！你现在这个年龄，如果没有工作，只靠父母的退休金生活，就永远都讨不到老婆。如果是小木曾的介绍，那应该是靠得住的。”父亲的一番话，究竟是鼓励还是说教，香月自己也搞不清楚。

但是，香月跟父亲的想法一样。他想快点找到工作，不想给父母增加多余的负担。香月决定先去看看，于是第二天给小木曾打电话，表明了自己的意思。几天之后，他就去见了公司老板，也就是小木曾的堂表亲。经过简单的面试，老板当场就拍板决定录用他。香月当时还有些发蒙。好像因为小木曾的介绍，老板一开始就打算把他招进公司。公司员工只有区区六个人。老板笑着对他说："你要有思想准备，在这里可能什么都得做。"随后便提到工资待遇，报出了一个比香月的预想要低得多的数字。因为语气轻松随意，香月一时不知该如何作答，只好低头致谢说："以后请多关照。"

一眨眼就过去了这么多年。一开始，香月也吃了不少苦头，遇到很多问题。难得的是，自从渐渐能够把握灭火器的分布，知道它们被设置在哪座建筑物里的哪些地方后，工作就开始变得快乐起来。虽然灭火器里面的物质不会陈旧，但是如果容器本体出现锈蚀，或者过了使用期限，就需要迅速更换。若能保持五年一换，就不会出现使用上的问题。剩下的只有祈祷不要发生火灾，伤人夺命。有些公寓物业设备检查的费用有限，有些年数已久的公共设施中只安装有式样非常老旧的灭火器，在业内他们用行话称之为“Vintage”——陈酿。等他也能跟同事或者同行开起玩笑说某处的设备是几年酿，灭火器跟果蔬一样越新鲜越好之类的话题时，他对公司的态度也开始悄悄转变，不再将这里当作临时落脚点。正在他的心态开始出现变化时，小木曾却突然患上了肝硬化，最终不治，撒手人寰。

香月在少年时代搬家之前，两人几乎每天都见面，其后也从未断过联系。老朋友的突然离世，让他有一种责任感，认为自己必须将现在的工作继续下去，否则就愧对老友。今年扫墓归来，香月顺路去探望遗属，见到了小木曾的儿子大助。暌违数载，当年才三岁上下的小娃娃如今已经长成了大男孩，身高早已超过母亲，甚至马上就要超过香月了。一直单身的香月虽然从未体验过为人父母的喜悦，但当他听说大助再开学就要上初二时，也忽然觉得感触良多。

“初二，是我跟你父亲分别的年龄。”

香月对着那张与老朋友酷似的面庞，充满感慨地说道。两个人像同龄人一样聊了起来。大助到了可以跟大人成熟对话的年龄，而在香月，也许因为大助的面容带着他父亲的痕迹，便也心生怀念，明显比平时话多。

“到了这个季节，我们俩还经常会去放风筝。虽然对中学生来说有点奇怪。”

“叔叔和父亲做的风筝，现在家里还有。”

不经意的闲聊换来了令人意外的回应，香

月有些糊涂了。仿佛眼前的少年变成了过去的好朋友，香月也变成了少年香月。香月突然感到一阵恍惚，不知今夕是何夕，正欲起身，敬子接下了话茬。

“是啊。前阵子收拾仓库，发现了用塑料布包得整整齐齐的风筝。是用很漂亮的和纸做的，还有香月先生的签名呢！画是孩子爸爸画的。”

敬子话音未落就站起身来，从里间取出了一个和式风筝。风筝拖着一条长长的尾巴，在纸面下方大概三分之一处，埋有简单却配置平衡的几何形结构。只一眼他就认出来了。

“啊，这个确实是小木曾画的。当时我就觉得他画得好，现在看起来也还是那么棒。没想到他还留着，保存了这么多年。”

香月从幼时起就有个爱好，喜欢看空中随风舞动的物体。帽子、手帕、雨伞、报纸。这些东西平时的动态是有限的，但是当它们孕满清风时便获得风力，样子就开始发生变化。孕育清风，也意味着孕育生命。“孕育”，是少年香月刚从一部海洋冒险小说中学到的词。他悄悄地按照自己的理解来使用，心底有些莫名的喜悦。

香月的故乡，也是他已过世的朋友的故乡，是一个名叫雪沼的小山城。在他们上学的小学校附近，有一家市营滑雪场。跟那些拥有超大型停车场和金碧辉煌的酒店的滑雪场相比，那里也许并非广为人知。但因为雪质上佳，环境静谧，在喜欢尽情享受滑雪乐趣的滑雪爱好者之中人气颇高。夏天的时候，滑雪场开放一部分给孩子们游玩，条件是不得破坏坡地。所以香月经常会带着便当跟朋友一起去玩，他们会在缓坡的草皮上滑板橇。但最开心的还是放风筝。从晚秋到冬天期间，当山谷的风开始吹起时，不太擅长滑雪的香月会专门跑出去放风筝。不是那种拉拽着稍微跑动就会很容易飞起来的进口塑料风筝，而是在祖父的指导下，用竹篾、风筝线以及和纸制成的最原始的手工风筝。做风筝让他着迷。

方形风筝，其框架组合、糊纸方式、绑线位置以及比本体长三四倍的尾巴的摆动形式，所有这些条件搭配适宜，并且只有在孕育出恰到好处的风力时，才会在空中潇洒起舞。所以，在放飞之前，需要反复数次细微调整。操作稍有失误，风筝就会一头栽下，容易摔坏。如果在雨后，草地湿滑，坏掉的几率更大，所以他不在风筝上做过多的装饰和绘画。为了让纸面更结实，听说有人会涂上涩柿液，但是祖父不会讲究到那种程度。香月的姑姑半是兴趣半是工作做的手漉和纸[①]，也为他提供了宝贵的材料。即便遇到纸面沾湿不能飞起的情况，也马上可以找到替代材料重新做起。糊风筝用的是十文字和纸[②]。这种纸经纬方向的强度比较稳定，抗风能力比较强。祖父告诉他，最好不要使用在漉纸阶段纵向摇动次数过多的和纸[③]，或者非手漉的和纸。香月请姑姑分给他一些最薄

① 和纸是日本以传统技术生产的一种纸的统称，其一般特点是纤维较长，质地薄而坚韧，具有独特风格。

② 日本和纸种类之一，因产自秋田县平鹿郡十文字町而得名。

③ 手漉和纸技术与中国的抄纸法类似。在漉纸时将纸浆捞入模具，分别沿横向纵向平行轻摇，令纤维交织在一起，均匀铺平。

的、无限接近于白色的和纸，用祖父为自己劈好的竹篾组装，做了好几只风筝。虽然它们不够平整，尚显幼稚，但也差强人意。香月请小木曾在这些和纸上画上图案，小木曾就只在角落里画上或圆或方的纹样组合，大面积留白。那时，小木曾梦想进入当地工业职高的图案科，将来想从事设计工作。对不擅长画画的香月来说，简直是不可多得的合作伙伴。

“在这里。你看，特别小，在角落里有一个香字。”敬子手指着纸面。“在哪在哪？”香月有些夸张地探出身体，从口袋里掏出眼镜戴上。

“哎呀不得了，香月先生眼睛也花了？”

“嗯。”香月有点不好意思地答道，“岁数不饶人啊。刚戴上也没多久。因为还不太习惯，眼睛里面总是觉得痛。”

“那可要多注意呀！小木曾当年也总说眼睛里面疲劳，鼻子发沉什么的，本来以为就是单纯的劳累……不过话说回来，这种情况下，有个好方法可以消解。”

“是不是按压眉毛下面的筋络？”

敬子有些惊讶，随即便露齿而笑。那笑容与洞口小姐的脸重叠在一起。香月的耳边仿佛响起洞口小姐的声音，“来，让我来帮你按按！”他突然觉得脸上发烧，不仅仅是因为喝了点酒的缘故。

“是公司做财务的姑娘教给我的，不过好像自己按的话也不太见效。”

他立刻意识到自己又说错了话，慌忙向风筝看去，借以掩饰自己的尴尬。确实，在好朋友的绘画作品上，写有一个香月的“香”字，字迹小巧，不会破坏整体。

多年未见的实物就在眼前，姑姑抄漉的和纸的颜色，让香月想起雪沼下的雪。可是虽然相像，但却不尽相同。一种暖意被巧妙地糅进了和纸之中。尽管在冬天放飞，和纸的白与背景雪山的白也差了一个色号，风筝的白色不会被雪的白色隐没。而小木曾手绘的图案，让不懂画的香月都觉得新鲜好看。在似白非白的天空画布上，风筝带着低调雅致的手绘图案，形成一种巧妙的布局。

那时，两个人经常在一起玩。放风筝一般不会去滑雪场那种陡坡。让操作者可以安全助跑，有一定程度视野范围的空旷原野是最好的。在运动场放风筝太没难度，尾名川的河滩风力不错，但是平日的下午放学以后却没有时间合适的巴士。只有连接雪沼与省道的山道入口附近的缓坡地带，骑自行车很方便过去，而且幸运的是，那里也是附近最好的一个适合放风筝的地点。

虽然周围农田较多，但是在田间小路的旁边，还保留着一块比较适合被称为原野的土地。这里战后曾一度被用作放牧，周围小路很少有车辆通行。近旁的岩石区有干净的泉水涌出，所以也不怕口渴找不到水，玩过之后还可以洗干净手，以免回家挨骂，简直就是一个完美的游戏场所。而且，对于少年香月来说，这里不仅是放风筝的圣地，也是俯瞰风景的特别场所。建在路边的小木屋风格的餐馆，屋顶低矮漂亮，后面还有一座小巧而别致的菜园。姑姑与餐馆女主人有来往，听姑姑说，菜园里种着一种叫作Herb的香草，可以入药也可以用于烹调。除了孕育清风，这是另外一件给香月留下深刻印象的事情。那种听都没听过的香草，姑姑曾经用来做成香草茶拿给他喝，气味浓烈刺激，不管加多少蜂蜜，调得多么甜，都难以接受。“所以呢，”香月对大助接着说道，“在那座小木屋面对山坡的墙面上，有一个红色的细长形木箱，隔得太远也看不清上面写的是什么，但是因为小学走廊上也安装有完全一样的东西，所以一看到它就知道是灭火器的木箱。在一大片风景之中只有那一点是红色的，特别显眼。我们就把它当作参照物放风筝。”

“这么说，叔叔从那时候开始，就跟灭火器结下了缘分咯！”大助说道。

“还真是。”香月又一次意想不到地被戳中，

“之前我从来没想到过这一点，也许在我们的回忆当中，那个灭火器还真是个奇妙的暗示呢！”

敬子一边喝着茶一边说：“我也听小木曾说过放风筝的事情。男人啊，总是会把一些奇怪的事情看得很重要呢。”香月仿佛受到提醒，他对敬子和大助接着讲了下去。

上小学时，在校园角落有一处平地，地势较低，在它对面的风力很合适。但是有一次，一只风筝突然在那里咕噜咕噜转圈，像一只被拔了触角的昆虫一样。那只风筝之前虽然有时会有点小摆动，但一直算是比较稳定的。当时并没有多大的风，树木都没被吹动，这种现象让他们非常好奇，于是开始研究那片区域，想知道是什么让风筝旋转起来的。他们发现，在蜿蜒伸向山谷洼地的砂石路的最下面，有一家制材厂。校园的低洼地刚好位于制材厂的正上方。每逢周六下午和周日就不会出现气流紊乱的现象，而那个时间正是制材厂的休息日。当他们将自己的观察成果报告给教理科的班主任老师时，老师说，你们观察得很仔细。因为下面有焚烧炉，所以会产生上升气流，变热变轻的空气会上升。如果考虑它是直线上升，那么你们的风筝周围的空气就会出现乱流。在烧火的时候，纸片和树叶会旋转舞动对不对？跟那个是一样的道理，听说在滑翔机模型的比赛上，为了能让飞机飞得高，人们会在下面点火。

上中学以后，他们偶然选择了那座小木屋的上方作为参照点，那时候也出现过相同的现象。只要将风筝的尾巴对准那个红色的灭火器箱的上方位置，风筝有时候就会旋转，或者突然快速上升。当然，那里原本就是风口，但是似乎也有人为的原因。小木屋的女主人会在房子后面的菜园里焚火，所以造成了上升气流。兜住缓坡上的风，保持一定高度，几乎不用做任何其他动作就可以将风筝停留在一个固定的点。左手握拳，风筝线缠绕其上，把右手食指作为一个假想的滑轮挂上风筝线，接下来只要配合风筝线上的力度和摇摆情况，就可以让风筝飘在空中。两个少年总是久久地仰望着这只孤独的航标，任时间不知不觉地从身边溜走。当风筝变成一个天空中的小孔，他们感觉，在孔的那头似乎有人正在看向这边。天空辽阔，像一块巨大的蓝布盖在地面，蓝布上漏了一个小孔，空气仿佛正在从那里被吸出，就像飞机破了洞时会发生的情况。他们开始相信，通过气压的变化，仰望天空的他们也一定会飞上天空。

“我们做过数不清的风筝。但是，和式风筝的构造上所要求的那种，怎么说呢，那种若有若无的游戏的感觉，我却总是掌控不好。所以，虽然也下了不少功夫，但是能飞起来的和完全不能飞的差别特别大。在空中的稳定程度和操作性方面，几乎没有一只风筝能让自己完全满意。那些风筝当中，这只算是比较能飞的。当年，你的父亲举起双手把它架起来，我拽着手里的风筝线，顺着缓坡一口气跑下去，跑到一定位置，就猛地一下将风筝放起来。哗的一声，感觉像是风筝在长尾巴的引领下，将自己投掷到小木屋房顶的上空去一样。”

“这个还能飞吗？”大助问道。

“大概能吧。你和爸爸一起放过风筝吗？”

“没有。”

“哦。”

或许这个问题很愚蠢。小木曾因为心肺功能比一般人弱，所以滑雪这种活动也尽量避免。虽然也可以不亲自助跑，但是想到大助当年还很小，而且从时代来看，也没有必要去玩放风筝这种游戏了。

“那么，今年冬天，咱们一起放风筝吧。”

香月跟大助约定好之后，就离开了阔别多年的雪沼。一周后的今天，他在通勤电车上，发现了窗口飞过去的物体。

“一起放风筝吧。”就这样轻轻松松地说出口来，但是真的能做到吗？那家餐馆的女主人去世之后，房子和土地都捐给了政府。现在，那里已经变成了集会所。车辆的出入比以往多，孩子也不能像从前那样随意地跑动了。而祖父和姑姑很早以前已经过世，没有人可以为自己提供竹篾和便宜的和纸了。那个几近于遗物一般的风筝如果坏掉，自己就很难再做出一个一模一样的东西来。不过，如果像洞口小姐所说，不用事事较真，不必样样追求完美，应该可以做出差不多的东西。当年也曾有过特意把框架破坏，风筝反而飞得更好的经验。但那都只是碰运气，老实的香月这样想着。可是，也正因为是遗物，所以才有与大助一起放飞它的价值。坏就坏了，飞不长就飞不长，只要能够再现当年的画面就好了。

想着这些事，在玻璃窗映照出来的荧光灯的反射中，又有一段记忆在香月的脑海里复苏。

那是在香月读大三的时候，时间大概在九月中旬，学校马上就要开课了。小木曾到香月的住处来玩。那时，小木曾已经从专科学校毕业，在当地的精密器械厂设计部工作，而天天只顾玩耍的香月还完全不知道时间的宝贵。那天很不巧，因为大型台风正在迫近，小木曾到的那天下午，外面狂风暴雨，香月无法带他出去逛。没办法，两个人就窝在家里，一边喝酒一边聊天。他们抽了很多烟，电视开着，正在播新闻，一个地方电视台的记者身披雨衣，冒着大雨，在危险的海岸边做报道，那架势像是在风雨里做风洞试验，看上去似乎比风筝更能保持住身体的平衡。只见记者在雨中狂吼道：

"狂风吹过来了！"

"看画面就知道了，还用你说！"两个人

忍不住刻薄道。而另一处直播现场还没进入暴风区域，因为情况并非紧急，现场记者似乎带着些掩饰不住的内疚，嘴里说着些人云亦云的套话，诸如“暴风雨之前的平静”之类，两个人又接着起哄道：“因为平静反而觉得不甘心吧。”

他们俩就这样说着些有的没的，聊着天，时针跨过了深夜时间，天空一点点开始放亮，雨停了。开始能听到送报员自行车的车轮声。这时，两人的酒也醒了。很久没有像这样彻夜畅聊，脑子里兴奋得很，一时难以入睡。所有话题都聊尽了之后，两个人一边喷着烟一边呆呆地看着路对面。只见斜对过一座低层公寓的屋顶上，包裹着供水塔的蓝色防水布正在风中飘摇。大概是被临时固定住以应对台风，却被无可预见的风力卷起，像倒竖的头发一样，一会儿向上一会儿垂下。看起来像是西部电影里额头上绑着头带的印第安人。他们揉着困倦的眼睛，有些担心地盯着对面看着，睡魔终于造访，就在他们站在窗边感觉快要撑不住了的时候，突然一阵狂风从下面直吹上来，玻璃窗的窗框仿佛都在晃动，眼前那块摇摇摆摆扭动着的蓝布噼里啪啦被卷上去半截。还没等他们惊叫出声，就见那条颤动着的蓝色鳐鱼像坚硬的铁板一般翻滚着，生拉硬扯下剩余的半截，摇身变成一只巨大的和式风筝，在一段看不见的缓坡上稍作滑行之后，便拖着长长的尾巴，一鼓作气地朝着已经开始映现出朝霞的天空，飞舞上升而去。

图书在版编目（CIP）数据

雪沼 / (日) 堀江敏幸著；米悄译. -- 长沙：湖南文艺出版社, 2022.3
（日和）
ISBN 978-7-5726-0378-5

Ⅰ. ①雪… Ⅱ. ①堀… ②米… Ⅲ. ①短篇小说—小说集—日本—现代 Ⅳ. ①I313.45

中国版本图书馆CIP数据核字(2021)第194091号

日和
hiyori

雪 沼
XUEZHAO

著　　者：〔日〕堀江敏幸　　译　　者：米　悄
出 版 人：曾赛丰　　责任编辑：夏必玄
封面设计：少　少　　内文排版：钟灿霞

出版发行：湖南文艺出版社
（长沙市雨花区东二环一段508号　邮编：410014）
印刷：湖南凌宇纸品有限公司
开本：880 mm×1230 mm　1/64　　印张：4.25　　字数：81千字
版次：2022年3月第1版　　印次：2022年3月第1次印刷
书号：ISBN 978-7-5726-0378-5　　定价：36.80元

著作权合同图字：18-2020-127